Mo Yan, de son vrai nom Guan Moye, est né en 1955 dans une famille de paysans pauvres à Gaomi, dans la province du Shandong. Il quitte l'école pour travailler aux champs dès la fin de ses études primaires. En 1979, il s'enrôle dans l'armée et entre, en 1984, à l'Institut des arts de l'Armée de libération. Il commence à écrire en 1981. Il a publié plus de quatre-vingts nouvelles et romans, ainsi que des textes de reportage, de critique littéraire et des essais. Plusieurs de ses ouvrages ont été traduits en français dont *Le Pays de l'alcool, Beaux Seins, Belles Fesses, Enfant de fer, La Mélopée de l'ail paradisiaque, Quarante et Un Coups de canon* et *La Dure Loi du karma*.

Mo Yan

LE CHANTIER

ROMAN

Traduit du chinois
par Chantal Chen-Andro

Éditions du Seuil

TEXTE INTÉGRAL

Une première édition de cet ouvrage
a paru chez Scandéditions en 1993.
Nous donnons ici une version revue et corrigée
par la traductrice, Chantal Chen-Andro.

TITRE ORIGINAL
Zhulu
PREMIÈRE PUBLICATION
Zuojia Chubanshe, Pékin, 1988,
dans le recueil intitulé *Huanle shisan zhang*

© Mo Yan, 1989

ISBN 978-2-7578-2473-3
(ISBN 2-209-06737-5, 1ʳᵉ publication
ISBN 978-2-02-094864-7, 2ᵉ publication)

© Éditions du Seuil, 2007, pour la traduction française

I

Cette troupe, ils la voient tous venir de la digue
au-dessus de la rivière Balong. Ils ont suspendu leur
travail pour mieux regarder. C'est un groupe d'enfants. Il y en a des grands, des petits, tout dépenaillés, rien que des enfants. Celui qui vient en
tête est le plus grand. Il brandit un drapeau rouge.
En descendant de la digue, il le fait ondoyer. Les
lettres jaunes qui y sont imprimées brillent puis
disparaissent dans les replis de l'étoffe. Les autres
enfants suivent en se poussant, en se bousculant
comme une meute de jeunes chiots joueurs. Ils
rient aux éclats, braillent, comme de joyeux petits
lurons.

Ils forment les rangs dans l'espace libre au pied de
la digue. On entend des cris, des disputes pour les
premières places.

« Dasuo, Dasuo, ne te mets pas devant moi !

– Yongle, ta place n'est pas à côté de moi !

– … »

Ils finissent par se mettre en rang. Le garçon qui tient l'étendard crie : « Fanfare ! »

C'est alors un concert de tambours, de cymbales et de clairons.

Le garçon s'époumone : « C'est bon, ça ira comme ça, suivez-moi ! »

Brandissant l'étendard à bout de bras, il ouvre la marche. La troupe suit. Alors qu'ils approchent du chantier, le garçon se retourne, fait quelques pas à reculons et entonne à tue-tête : « Déterminés... un, deux ! »

Ceux parmi les enfants qui ne soufflent pas dans un instrument se mettent à brailler en chœur : « Déterminés, nous ne craignons pas la mort, nous viendrons à bout de toutes les difficultés, nous remporterons la victoire. Déterminés... nous ne craignons pas la mort, nous viendrons à bout de toutes les difficultés... nous remporterons la victoire !... »

Ils reprennent ainsi plusieurs dizaines de fois de suite.

La troupe des gosses s'avance jusque sur les pierres de la route que le rouleau compresseur a rendues planes et lisses. Ils piétinent sur place au son de la musique ponctuée de roulements de tambour, chantent la chanson du *Petit Livre rouge*. La sueur ruisselle sur le visage des musiciens, frimousses adorablement sales.

Le garçon à l'étendard ordonne : « Halte ! »

Les enfants n'attendaient que cela. Tout s'arrête net, musique et chanson. Certains essuient la sueur de leur visage sur leur manche, d'autres, la bouche grande ouverte, reprennent leur souffle. Les joueuses de cymbales posent leurs instruments à terre et frottent le dos de leurs mains meurtries par les cordes.

Le porte-drapeau s'efforce sans succès de planter son étendard sur la route. À court d'expédients, il regarde autour de lui et voit que la terre est meuble sur les bas-côtés. Il y arrive d'un bond. La hampe est enfoncée. L'enfant s'avance, solennel, devant les ouvriers hébétés. Il annonce avec beaucoup de sérieux : « Je suis Gao Xiangyang [1], chef de la brigade de diffusion de la pensée de Mao Zedong de l'école primaire de Masang, vice-président du comité révolutionnaire de cette même école. Je voudrais parler au responsable. »

L'allure du gamin en impose aux ouvriers. Ils se concertent du regard sans oser souffler mot.

Le gosse s'énerve : « Où est le responsable ? »

Personne ne répond.

Gao Xiangyang éternue, deux traînées de morve se mettent à couler, il renifle bruyamment et ravale sa morve.

---

1. Xiangyang signifie « tourné vers le soleil » (c'est-à-dire vers Mao Zedong).

« Le chef dort dans l'abri ! risque alors un ouvrier de petite taille.

– Va le chercher », ordonne Gao Xiangyang.

L'homme se précipite vers l'abri.

Le garçon s'avance vers l'homme de haute taille qui accourt effaré. Quand ils sont à un pas de distance l'un de l'autre, le garçon tend la main et se présente : « Je suis Gao Xiangyang, chef de la brigade de diffusion de la pensée de Mao Zedong de l'école primaire de Masang, vice-président du comité révolutionnaire de cette même école. » L'autre reste interloqué un moment avant de reprendre ses esprits. Il se penche, tend ses grosses mains, prend la menotte du gamin dans les siennes, la secoue fortement et dit tout sourire : « Responsable Gao, chef de brigade Gao, pardonnez-moi de n'avoir pu vous accueillir moi-même.

– C'est toi le responsable ? demande Gao Xiangyang qui le regarde de travers, fourrant ses mains dans ses poches.

– Oui, oui, c'est moi. Le commandant Guo m'a nommé chef de la brigade de voirie par intérim.

– T'appelles ? demande sèchement le gamin.

– Yang, Yang Liujiu.

– Chef de brigade Yang, je représente le comité révolutionnaire de l'école primaire Masang et viens prêcher la pensée de Mao Zedong aux camarades travailleurs civils révolutionnaires. Tu voudras bien prendre des dispositions pour qu'ils assistent à une représentation.

– Camarades travailleurs civils révolutionnaires[1], dit Yang Liujiu, approchez ! Vous allez assister au spectacle donné par les petits généraux révolutionnaires. »

Les ouvriers s'approchent sans grand enthousiasme.

Gao Xiangyang retourne se placer devant ses troupes et ordonne à la fanfare de jouer, puis, après avoir reniflé bruyamment la morve qui coule de son nez, il s'adresse aux ouvriers : « Notre grand dirigeant le président Mao nous a enseigné que "notre art et notre littérature sont destinés aux larges masses populaires, et tout d'abord aux ouvriers, aux paysans et aux soldats. Les œuvres doivent être créées à leur intention, à leur usage. Point". La représentation donnée par l'équipe de diffusion de la pensée de Mao Zedong de l'école primaire de Masang va commencer. Le programme débute avec la pièce *Le vieux couple étudie les citations de Mao*. »

Une fillette sort de la poche de son pantalon une

---

1. Il s'agit en fait le plus souvent de « mauvais éléments » réquisitionnés pour des travaux publics.

serviette écrue et s'en couvre la tête. La serviette semble trop lourde pour elle et ses reins se courbent comme ceux d'une vieille femme. Sur son visage apparaît l'expression triste, résignée, de ceux qui ont une longue et douloureuse expérience de la vie. Elle s'adresse au petit gros qui se tient à côté d'elle : «Dagui, vite, ton costume ! Le chef a déjà annoncé le programme !

— Je ne jouerai pas ! Les adultes vont se moquer de moi», dit le garçon, tout rouge.

Gao Xiangyang, le chef de la brigade de propagande, arrive devant la troupe, le visage empourpré de colère. «Qu'est-ce qui se passe ? Mais qu'est-ce que vous fabriquez ? demande-t-il furieux.

— Il ne veut plus jouer, il a honte ! explique la fillette.

— Honte de porter la bonne parole de Mao Zedong ? Écoute, ta grand-mère vient d'une famille de paysans riches et si l'on te demande de venir participer au travail de propagande, c'est pour ton intégration !» lui rappelle Gao Xiangyang.

Le petit visage rond de l'intéressé blêmit. L'enfant reste debout, soumis, comme font les «mauvais éléments» sous les admonestations des paysans pauvres et moyens-pauvres.

« En scène, et vite ! ordonne le chef de brigade Gao.

— Mais il n'a pas mis sa ceinture ! objecte la fillette.

— Mets-la, et vite ! » presse le chef Gao.

La fillette se fait aider par un autre garçon. Ils prennent chacun le bout d'une corde, enroulent celle-ci autour de la taille de Dagui. Ils serrent. Celui-ci se redresse. Ils serrent encore d'un coup sec. L'autre se redresse un peu plus. La fille noue les deux bouts et dit : « Courbe l'échine ! En scène ! »

Le garçon et la fille, ployant le dos, s'éloignent, clopin-clopant, puis s'arrêtent à quelques mètres des ouvriers.

« Mon homme, lance la fillette, dépêche-toi donc de finir de manger. Après le souper on va étudier les *Citations* ! »

Le garçon a le visage ruisselant de sueur.

« F... femme ! répond-il en bégayant, j'ai porté des pierres toute la journée, je suis fourbu, ça pourra bien attendre demain !

— Pour ça non, réplique la fillette. Les œuvres de Mao Zedong sont un trésor, une panacée, aucun mal ne leur résiste. Tiens, ta fatigue par exemple, eh ben je te dis moi que tu ne la sentiras plus.

— Femme, reprend le garçon, rien ne presse, attends donc que je me trouve une tige d'herbe pour me curer les dents. »

Le garçon fait comme s'il se curait les dents.

« Bon, t'es prêt ? demande la fillette.

– Ça y est ! » répond le garçon.

Les deux enfants se mettent à chanter avec force mimiques à l'appui : « Le travail terminé, après le souper, nous nous asseyons devant la fenêtre pour étudier les *Citations* à la lueur de la lune… » À la fin de la prestation, les ouvriers applaudissent et crient « Bravo ! ».

Au bout de sept ou huit sketches analogues, les ouvriers commencent à somnoler. Un vieil homme au dos plus courbé qu'un arc s'approche de Yang Liujiu : « Yang, à la soupe !

– Chef de brigade Gao, dit alors ce dernier en s'adressant à Gao Xiangyang, on prend le temps de manger ?

– C'est quoi, le plus important : propager la pensée de Mao Zedong ou manger ?

– La pensée de Mao, bien sûr, mais ce travail de propagande serait bien plus efficace si nous avions le ventre plein. D'ailleurs, les deux époux ne se sont-ils pas mis à l'étude des *Citations* "le travail terminé, après le souper" ?

– C'est bon, consent le gamin, la représentation est terminée. »

Sur un geste de Yang Liujiu, les ouvriers applaudissent.

Les gosses, de leur côté, à l'instigation de Gao, se

mettent à brailler des slogans : « Mettons-nous à l'école des travailleurs civils révolutionnaires ! Saluons les travailleurs civils révolutionnaires ! Construisons la route de la révolution proléta-rienne ! »

Ils reforment les rangs. Les tambours et les clairons résonnent. Ils ont pris le chemin du retour.

2

C'est le soir. Yang Liujiu revient par le champ de tournesols à l'ouest de Masang. Il grimpe sur la digue sud de la Balong, franchit l'étroit pont de pierre qui enjambe la rivière et reste debout, comme pétrifié, sur la rive opposée. La lune, qui tout à l'heure était d'un rouge faiblard, a encore pâli. Sa blancheur éclaire à présent toutes choses, les enveloppe de flou et de mystère, leur donne des formes fantasmagoriques. La rivière coule. De l'autre côté, sur la rive sud, Masang est gagné par le silence. Le bourg est nimbé de lumière, des voiles de brume flottent. L'air se meut lentement, plein de bruits imperceptibles, de parfums légers. De l'ouest du village montent des aboiements puissants et graves. Furieux, déçu, Yang descend la digue en chancelant.

Au-delà, la plaine saline s'étend à perte de vue. Dans ce silence de mort, du plus profond de la friche, monte comme le bruit du ressac, le roulement des vagues... La lune devient de plus en plus claire. Sur le chantier, le fer des outils étincelle. L'énorme rouleau compresseur en béton armé, qui fait presque un mètre de haut, dort au beau milieu de la route, majestueux, redoutable, telle une bête sauvage. La baraque qui sert de dortoir aux ouvriers de la voirie est couverte de nattes de roseau. Les bords, fins et lisses, forment une masse brillante. La baraque allongée ressemble à un gros poisson argenté. La lueur blafarde d'une lampe filtre par l'ouverture de l'abri.

La baraque est percée d'une ouverture en son milieu. À l'intérieur, sous l'auvent, il y a deux autres ouvertures, une de chaque côté. Yang se courbe et se tient dans l'espace exigu délimité par les trois trous. La puanteur qui s'élève des dizaines de paires de souliers lui monte à la tête. La lumière de la lampe tempête se déverse par flots sur son vêtement noir léger troué aux coudes et aux épaules. Son corps est couvert d'une boue jaunâtre.

Deux ouvriers jouent aux cartes sous la lampe. Il leur donne une tape sur la tête et demande : « Vous ne dormez pas ? Vous devriez être morts de fatigue ! »

L'un des deux joueurs est petit et maigre, il a des cheveux en brosse très drus. L'autre est sec lui aussi, mais grand. Il est assis à même le sol, droit comme un piquet.

Tous deux regardent Yang Liujiu avec des yeux

effarés, un air ahuri, comme s'ils sortaient d'un rêve.

« T'es encore allé "braconner" au bourg ? demande le plus grand. Prends garde, les hommes du village pourraient bien t'abattre !

— Qu'ils osent ! répond Yang, je suis chef par intérim de la brigade de voirie. Et puis ce sont des visites de charité que je vais faire au bourg à minuit ! »

Le plus grand des joueurs a un rire entendu : « Ça ne sert à rien de discutailler. S'il y a du grabuge, faudra t'attendre à ce que le commandant Guo te fasse la peau à son retour !

— Je suis son frère juré, sinon crois-tu qu'il me laisserait le remplacer pendant qu'il est allé au district ? Lai Shu, t'es couillon comme la lune ! rétorque Yang Liujiu.

— Couillon toi-même ! dit Lai Shu.

— T'as pas bientôt fini de jacasser ! On continue la partie, oui ou non ? demande l'autre joueur.

— On continue, dit Lai Shu en allongeant la main vers une carte.

— Dis donc, Sun Ba, t'es vraiment gonflé, mon gars ! dit Yang Liujiu à l'adresse du petit maigre. La Sécurité arrête les joueurs et toi t'as que ça en tête : jouer !

— Qui te dit qu'on joue pour de l'argent ? Alors, on peut même plus s'amuser entre hommes ? se justifie Sun en s'étranglant de colère.

– Quand le commandant sera là, j'aurai qu'à ouvrir la bouche et alors ça sera pas ta fête, crois-moi ! dit Yang Liujiu.

– Oh, ça va, Yang Liujiu, dit Lai Shu. Même si on jouait pour de l'argent, ce serait toujours plus honorable que de séduire les femmes mariées comme tu fais. Si quelqu'un doit être arrangé au retour du commandant, c'est bien toi. Fallait bougrement manquer de coup d'œil pour t'avoir fait chef de brigade par intérim. Merde alors ! Tu vaux encore moins que moi ! » jure Lai Shu.

Tout en pestant contre Lai Shu, Yang Liujiu se glisse sous l'abri. Les hommes y sont couchés en rang d'oignons, certains ronflent, d'autres parlent en rêve. Yang Liujiu, le dos tourné à la lampe, marche sur le ventre d'un dormeur. L'homme pousse un cri de douleur, se redresse hébété et lève la main sans même avoir ouvert les yeux. Yang Liujiu esquive le coup. Le poing de l'homme va frapper sur les roseaux faisant office de toit. Il en tombe un fin nuage de terre. Les particules de poussière chatouillent le nez de Yang Liujiu. Il se rue vers l'emplacement qui lui est imparti et sur lequel ses deux voisins ont largement empiété. Il se déshabille et suspend ses vêtements au crochet en fil de fer galvanisé qui pend de la charpente légère de l'abri ; puis il s'emploie à se faire une place. En ce mois d'avril, mois charnière entre deux saisons, l'abri dégage une odeur viciée. Il goûte la douceur d'être allongé, mais il ne parvient pas à dormir. Il sent comme des reptations d'insectes sous ses jambes. Il allonge furtivement la main pour voir de quoi il retourne. Il touche une bestiole toute molle, grosse comme un grain de céréale. Pour empêcher la bête de sauter, il la coince entre deux doigts avant de la caler entre les ongles de ses pouces, qu'il presse fortement. Le bruit produit lui fait éprouver une sensation de satisfaction mitigée. Il repart donc à l'exploration. La chasse s'avère si fructueuse qu'à la longue les ongles de ses pouces finissent par changer de couleur. Du village viennent de nouveaux aboiements puissants. D'autres chiens se mettent à l'unisson. En les entendant il pose le bras. Il ne sent plus les démangeaisons, il a les tripes nouées. Il est à bout de nerfs.

Les deux joueurs se livrent une partie acharnée au beau milieu des chaussures. La lampe tempête accrochée à la barre transversale de l'abri projette un cercle de lumière aussi grand qu'une meule. De petits insectes verts viennent heurter l'abat-jour avec un léger bruit.

« Trente ! » crie le plus grand des joueurs. Dans sa voix éraillée perce une joie mal maîtrisée.

« Sun, abats tes cartes ! J'ai le trente, faudrait que

tu sortes le trente et un, mais avec ta malchance habituelle ça risque pas d'arriver ! »

Le bruit du courant de la rivière Balong parvient aux oreilles de Yang Liujiu. D'un saut de puce, il se transporte mentalement sur la rive sud. Il se voit déjà bondir dans la courette à l'ouest du village. Il écarte le grand chien féroce, il va goûter à la peau blanche de la femme.

Sun est au supplice. Il respire mal, cligne des yeux avec insistance sur les cartes qu'il tient à la main. Une goutte pend au bout de son nez sans se décider à glisser, tandis que des larmes restent accrochées au coin de ses yeux. Le plus grand des joueurs allonge son cou grêle et déclare : « Abattre ses cartes, c'est plus difficile que de mettre un gosse au monde, hein ! Sept, sept, roi, cinq, merde alors ! C'était tout vu ! Pourquoi cachais-tu encore ton jeu ? C'est comme si tu voulais garder un cadavre plus de quelques jours ! T'as encore perdu ! Ça fera soixante et une cigarettes, donc trois paquets et une cigarette.

— C'est encore un tour à ta façon ! proteste Sun, furieux.

— Fallait me prendre sur le fait. Si tu ne sais pas nager, te plains pas d'avoir des algues accrochées à ton engin !

— Si tu ne trichais pas, tu ne pourrais pas gagner à tous les coups !

– T'as qu'à t'en prendre à toi, à ta technique, à ta chance merdique !

– Et puis merde, on refait une partie, dit Sun d'une voix aussi rauque que celle d'un adolescent en train de muer.

– Sun Ba, tu ferais mieux d'en rester là, tu vas finir par tout lui laisser, même ta femme ! dit Yang Liujiu dans l'ombre.

– J'ai pas dit mon dernier mot, Lai Shu a triché ! rugit Sun furieux.

– Quand est-ce que vous aurez fini de vous disputer ? À cette heure, vous devriez laisser les braves gens dormir. Quand le chat n'est pas là, les souris dansent ! dit une voix dans l'obscurité.

– Y a qu'à demander à Yang de servir de témoin. Si tu perds, faudra pas venir dire que je triche ! dit Lai Shu.

– Comme si j'avais que ça à faire, rétorque Yang Liujiu. Si demain au boulot vous faites les andouilles, je ne vous ferai pas de cadeau ! »

Yang Liujiu ferme les yeux. L'odeur chaude et parfumée de la paille l'enveloppe à travers sa couverture. Il sent son corps mollir. Il entend vaguement les aboiements du grand chien. Alors il ne ressent plus la moindre envie de dormir. Ses tripes sont nouées. Il voit le grand chien débordant d'énergie sauter devant ses yeux : son pelage noir luit comme du satin, les yeux de la bête jettent des éclairs. Le chien est à l'ouest du village de Masang, à l'entrée de la petite cour cernée sur trois côtés par un mur en terre jaune et fermée par une chaumière de trois pièces aux murs en torchis. Il aboie furieusement de l'autre côté de la barrière de joncs entrecroisés. Rien que d'y penser, la peur lui fait encore battre le cœur...

Yang Liujiu était resté dans l'ombre clairsemée d'un bosquet de vieux théiers. Le chien se ruait contre la barrière qui obstruait l'entrée de la cour. À chaque assaut, le bois craquait. Parfois le chien reculait et se dressait sur ses pattes de derrière, posait celles de devant sur la clôture. Sa tête féroce, énorme, dépassait. Ses crocs acérés comme des lames brillaient sous la lune. Le cœur de Yang Liujiu battait à grand bruit. Il en avait des sueurs froides. Il était sorti de l'ombre des théiers et s'était avancé jusqu'à la jonction du mur en terre et de l'auvent de la maison. Il s'était agrippé au mur et s'était hissé pour regarder par-dessus. Le chien était venu immédiatement de son côté. Il faisait des bonds si hauts qu'il aurait bien pu sauter par-dessus le mur. L'herbe fine sur le faîte bruissait un peu, la terre s'effritait. À l'intérieur de la maison régnait un silence de mort. Une lampe brillait derrière la fenêtre où se dessinait une silhouette immense, fascinante. Elle ne bougeait pas, comme si elle prêtait l'oreille. Il avait arraché une motte de terre et l'avait lancée doucement contre l'ombre dessinée sur la fenêtre. La terre avait fait bruire le papier faisant office de carreaux, mais l'ombre n'avait pas bougé. « Grande belle-sœur ! » avait-il crié d'une voix étouffée. À peine avait-il prononcé ces mots qu'il avait senti le souffle chaud de la bête sur le dos de sa main. Il avait lâché prise et avait dégringolé du mur. Il avait alors entendu la porte grincer. Le chien aboyait en cadence, furieusement. Une voix de femme s'était élevée dans la cour : « Sale bête ! Couché ! » Il avait cru entendre un brouhaha de voix dans le village. Il s'était baissé et avait pris la fuite ventre à terre, sans se soucier du bruit qu'il faisait. Il était tombé dans un fossé, s'en était extirpé, avait franchi d'un bond un autre fossé et, tel un chien, s'était faufilé dans un champ de céréales. Il avait couru longtemps, butant et trébuchant, puis il avait fini par s'accroupir, le souffle court, dans un carré de tournesols aux grosses tiges. Les larges feuilles grandissaient sous la rosée. Le clair de lune limpide ruisselait, créant un univers tout en clair-obscur. Il était trempé de sueur, son cœur battait à tout rompre. Il ne s'était relevé que lorsque les aboiements des chiens au village s'étaient apaisés. Il avait fait un grand détour, franchi la rivière par le pont et s'était baissé pour entrer sous l'abri.

Il en veut à ce chien. Le chien s'interpose entre la femme et lui. Il lui barre le chemin. La femme, debout derrière le chien, avait un petit sourire indéfinissable. « Catin ! Chienne ! jure-t-il pour lui-même. Bai Qiaomai, Qiaomai au caillé de soja, chérie, je suis fou de toi ! Ah, la mordre ! » Il s'imagine qu'elle se paie sa tête. Si elle avait vraiment envie de lui, elle aurait dû attacher ce chien ! « Catin ! Chienne ! » Le souvenir de l'expression amoureuse qui s'était manifestée sans ambiguïté sur ce visage si blanc, si tendre, le met au supplice. La peur qui l'avait poussé à fuir dans la campagne après avoir dégringolé du mur a disparu comme par enchantement. Un feu le ronge intérieurement, il est chauffé à blanc. La haine qu'il éprouvait tout juste à l'instant pour Bai Qiaomai fond comme neige au soleil.

« Sun Ba, dit Lai Shu sous la lampe, t'as encore perdu ! Soixante-seize cigarettes. Ça fera bientôt quatre paquets. Pas des paquets à neuf centimes. Je veux ceux où l'on voit ces femmes soldats sur une jambe, en train de tirer. » Il sait ce que Lai Shu entend par là. Ce sont des cigarettes de la marque Hongwu. Sur le paquet est représenté le Détachement féminin rouge. Les femmes soldats sont vêtues de pantalons courts. Elles sont en équilibre sur une jambe, l'autre est en arabesque. Le cou fier, la poitrine haute et ferme pointée en avant, les bras tendus, elles brandissent un pistolet auquel est attaché un ruban de crêpe rouge.

« T'as triché, c'est sûr ! dit Sun, furieux.

– Fallait me prendre la main au collet ! Tu m'accuses sans preuves ! T'es furieux parce que t'as perdu, hein ! Tu veux que je te laisse deux parties ? demande Lai Shu.

– On continue, je t'ai rien demandé », reprend Sun. Il bat les cartes dans ses mains poisseuses.

Lai Shu bouge et se met dans le champ visuel de Yang Liujiu.

Bai Qiaomai a une voix de sirène. Elle prononce chaque mot avec toutes sortes d'inflexions. Elle tortille des fesses qu'elle a rebondies. Ses joues sont rondes et toutes roses, ses dents translucides, sauf deux incisives, un peu grisâtres, qui lui vont comme un tablier à une vache. Quand elle est apparue quinze jours auparavant sur le chantier, elle a ensorcelé Yang Liujiu.

Yang Liujiu est à demi endormi. Son corps se met à flotter, léger et lourd tour à tour. Suivant un truc infaillible que lui a donné un petit malin, il a fait cuire un navet puis l'a plongé dans de l'eau glacée. Tenant le navet par la queue, il est parvenu à se glisser jusqu'au mur en terre jaune de Bai Qiaomai. Caché dans le bosquet de théiers, il fait du bruit pour exciter le chien. Le chien aboie et saute furieusement. Il jette le navet vers la gueule de l'animal. Le chien mord dedans avec rage, ses crocs ont adhéré au navet, impossible pour lui de lâcher prise. Le navet le brûle. Le bâtard se roule au sol sous l'effet de la douleur. Yang Liujiu, arrogant, entre alors dans la cour et lance un jet de salive sur le chien couché contre le mur. L'animal impuissant a les yeux révulsés. « Bien-aimée petite sœur Qiaomai ! appelle-t-il, viens ouvrir la porte pour accueillir ton galant le frère aîné Yang Liujiu. On va faire une partie de jambes en l'air, pratiquer la danse des nuages et de la pluie ou bien jouer à la bête à deux dos ! » Bai Qiaomai ouvre la porte. Son corps a la blancheur laiteuse et lisse de l'anguille blanche. Il avance les bras pour l'enlacer. La femme attrape des ciseaux noirs accrochés à sa taille. Les yeux exorbités, les sourcils arqués en signe de colère, elle crie : « Yang Liujiu, voleur effronté, tu vas payer pour le chien !... »

Yang Liujiu sursaute et se retrouve sur son séant. Il est couvert de sueur froide. Il voit que la couverture noire est éclaboussée par le clair de lune. Les sanglots de la rivière Balong s'élèvent, familiers, doux. Du village parviennent les aboiements sourds du grand chien. Quelle fausse joie, ce n'était qu'un rêve ! Sun Ba et Lai Shu jouent toujours au trente et un pour des cigarettes. Il n'a pas le cœur à les tancer. Il ne vaut pas mieux qu'eux. Après tout, chacun doit profiter comme il l'entend de l'absence du commandant Guo. Et si ce dernier ne revenait pas ? S'il lui fallait diriger à vie cette équipe de voirie ? Cela l'effraie. Jusqu'où les mènera ce chantier ? Jusqu'à quand ? À quoi ça servira ? En fera-t-on une piste pour avions ? Y posera-t-on des rails pour une voie ferrée ? Il n'en sait pas plus que les autres ouvriers. Le commandant Guo savait peut-être quelque chose, lui.

Un an auparavant, l'aventure avec la morte lui avait tourné les sangs. Sous le coup d'une peur bleue, il s'était enfui du pays pour venir travailler sur ce chantier. En ces temps troublés, c'était toujours autant de pris.

Cette plaine saline, inculte, n'en finit pas. Sous le soleil, au petit matin, elle étincelle comme de la neige. Quel génie, bon ou mauvais, pouvait bien avoir décidé du tracé de la route ? La décision semblait avoir été prise plusieurs dizaines d'années auparavant. Les pieux sont un peu vermoulus, les lettres laquées rouges s'effacent. On travaille en suivant le tracé des poteaux, sans chercher à comprendre. Le commandant Guo a un visage martial, un maintien un peu gauche. Quelles nouvelles mesures politiques ont été prises ? En tout cas il est allé au district pour la révision de son procès. Il avait été commandant au quartier général des Gardes rouges. Au moment du départ il a dit : « Yang Liujiu, pendant mon absence, c'est toi qui me remplaceras. Tu frapperas sans pitié celui qui traînera sur l'ouvrage. Cette portion de route est finie, on est trop loin du chantier. Demain, vous déménagerez derrière Masang. » Yang Liujiu a répondu alors : « Commandant Guo, moi, Yang Liujiu, je ne vous lâche pas d'une semelle quand il s'agit de faire la révolution !

– Canaille ! » lui avait lancé le commandant Guo.

L'équipe de voirie avait donc établi son campement derrière le village de Masang. Le lendemain, de bon matin, Yang Liujiu avait fait retentir longuement le sifflet légué par le commandant Guo. Les ouvriers s'étaient levés à moitié endormis, les paupières lourdes. Ils avaient avalé leur bouillie de farine de maïs, avaient croqué des pains de maïs et des morceaux de navets salés. Une fois rassasiés, ils s'étaient dirigés en désordre vers le chantier. Certains chantaient à tue-tête : « J'ai entendu dire que Zhang Laojiu veut que je me remarie, voilà qui met dans l'embarras la mère de Huer. » D'autres bâillaient à l'envi, s'étiraient paresseusement, faisaient craquer leurs articulations rouillées. Yang Liujiu prenait ses nouvelles fonctions. Le sifflet autour du cou, il avait fait le tour du chantier, très mal à l'aise, il avait proféré quelques remarques qui ne l'engageaient pas trop, puis s'était dirigé d'un pas nonchalant vers les cuisines. Elles se trouvaient à vingt mètres au sud-ouest de l'abri-dortoir sur lequel elles donnaient par une large ouverture. Là, Yang Liujiu s'était retourné pour observer le chantier. Tous les hommes travaillaient avec acharnement, le dos courbé. Le travail du jour consistait à creuser pour préparer l'assise de la route. Les mottes de terre, comme des corbeaux, s'envolaient du fossé vers ce qui devait être la future route. Lai Shu était très habile à la besogne, sa bêche en fer travaillait avec la précision et la délicatesse d'un outil chirurgical. Elle faisait siffler l'air alentour. La trentaine d'ouvriers creusaient, envoyant les pelletées de terre noire vers la future route. Yang Liujiu avait entendu dire qu'on était sur l'emplacement d'un ancien champ de bataille. Là s'était déroulé un combat acharné entre Han Xin et Xiang Yu [1], qui avait laissé des monceaux de cadavres et des rivières de sang. Les ouvriers avaient déterré des épées en bronze

---

1. Xiang Yu (233-202 avant J.-C.), général de la fin des Qin.

rouillées et des poteries noires. Il se rendait compte à présent de la supériorité indéniable des mandarins sur le petit peuple. En tant que chef de brigade par intérim, il pouvait se permettre lui aussi de garder les mains croisées derrière le dos au lieu de creuser la terre.

Liu le cuisinier n'était pas là. Une belle pagaille régnait dans les cuisines. Une odeur de moisi et d'aigre vous prenait à la gorge. Le petit chien borgne, que Liu avait ramassé on ne sait où, avait lancé deux aboiements, la tête de côté, près du fourneau. « Le borgne, alors comme ça tu voudrais me mordre ? » avait-il demandé.

Liu le cuisinier, les reins ployés, revenait de la digue, filant comme le vent, portant une palanche d'eau. La digue était escarpée. D'un pas mal assuré, il s'était précipité contre Yang Liujiu.

« Liu, tu devrais aller au bourg chercher un peu de viande pour améliorer l'ordinaire, ça fait si long-temps qu'on n'a pas eu de gras que j'en suis tout constipé ! »

Liu avait porté les seaux sous l'abri. Son visage était tout proche du sol. Il lui avait lancé un regard en dessous. Yang Liujiu avait senti son sang se glacer dans ses veines. Liu n'avait rien dit, le cou tendu en avant comme font les vieux coqs, il était entré dans la cuisine, Yang Liujiu sur ses talons. Yang l'avait vu déverser l'eau des deux seaux dans une grosse jarre, sans même déposer sa palanche. Des reflets dansaient sur la jarre, les nattes de roseau s'y reflétaient. L'eau s'était mise à couler comme des langues au bord du récipient. Il restait encore un demi-seau. Liu l'avait versé dans la marmite. Au fond de l'ustensile était collée une couche de brûlé. L'eau avait recouvert le brûlé avec des craquements tandis que de petites bulles s'étaient formées.

« Liu, faudrait veiller à la propreté. Tu devrais récurer la marmite ! » avait fait remarquer Yang Liujiu.

Liu avait attrapé un vieux racloir en fer et l'avait tendu à Yang Liujiu : « À toi l'honneur ! avait-il dit d'une voix sourde de colère.

– C'est un ordre ! » avait répondu Yang Liujiu.

Quand Liu avait relevé la tête, son dos s'était redressé en même temps. Il avait regardé fixement Yang Liujiu, puis il était parti soudain d'un rire bizarre. On aurait dit les hululements graves d'un hibou dans la nuit. Yang Liujiu avait sursauté. Il avait reculé de quelques centimètres et avait regardé avec étonnement le visage subitement rajeuni du vieux. Il avait ressenti des pincements sourds au cœur. Pas moyen de savoir l'âge du bonhomme. Ses yeux brillaient d'un éclat vif et, malgré son dos bossu, ses gestes étaient terriblement prompts. Liu avait posé le panier de cuisson à la vapeur sur la marmite et l'avait recouvert d'un chiffon mouillé tout roussi. Il piochait dans la farine humide avec la rapidité d'une poule qui picore. Les boules de pâte grosses comme le poing volaient avant de retomber dans le panier.

« Pourquoi tu ris ? » avait demandé Yang Liujiu encore sur le coup de la peur. Liu le bossu, tout à sa tâche, ne paraissait pas avoir entendu la question. Yang caressait le sifflet suspendu à son cou.

« Au cas où tu ne le saurais pas, mon vieux Liu, avait-il repris, conformément aux ordres du commandant Guo, je suis chef par intérim de la brigade de voirie. Faudra me mitonner quelque chose de bon ! »

Yang Liujiu s'était avancé lentement jusqu'à la couche en bois de Liu posée sur des bâtons. Il avait tapé deux coups avec force et s'était laissé choir dessus. La couchette avait grincé. « Dis donc, vieux bossu, avait repris Yang Liujiu, t'es mieux traité que le chef de brigade par intérim. Moi je dois dormir dans l'abri-dortoir sur une paillasse, tandis que toi tu as une chambre pour toi tout seul, avec un lit en bois. Tu te réserves les meilleurs morceaux et si les rats ont de quoi vivre dans la resserre à grains, toi aussi ! » bavassait Yang Liujiu, assis sur le lit. Liu maintenait la cadence. Puis il était allé chercher un tas d'épinards si vieux qu'ils étaient montés en graine. Il travaillait comme une machine. Le discours de Yang Liujiu versait dans un monologue sans intérêt. Quand il n'avait plus rien trouvé à dire, il avait fini par s'arrêter de parler. Il était un peu étourdi. Il avait senti la douceur du vent du sud-ouest qui venait de la rive opposée. La natte n'arrêtait pas l'odeur âcre des céréales apportée par le vent. Il s'était mis à chanter : « Aïe ! Aïe ! Aïe ! Quel beau paysage du Nord ! »

Alors qu'il chantait, il avait entendu une voix de femme demander à l'extérieur : « Chef, voulez-vous du caillé de soja ? C'est du caillé de soja, vous en achèterez bien, chef ? »

Yang Liujiu avait changé de position pour voir la femme. Elle était grassouillette. Elle lui faisait venir l'eau à la bouche. Il n'avait pu se retenir de sauter à bas du lit et, piétinant les débris de tiges et de feuilles d'épinards que le vieux Liu avait jetés par terre, il s'était glissé à l'extérieur. La femme se tenait de profil dans la lumière du soleil. Ses yeux humides prenaient des reflets bleutés. Elle était affriolante, comme un bel animal. Yang Liujiu l'avait déshabillée du regard. Il lui avait ôté mentalement sa jaquette vert pâle sur laquelle étaient imprimés des chrysanthèmes blancs. Ses oreilles bourdonnaient, le sang lui montait à la tête.

« Alors, chef cuistot, vous en voulez ?

– D'abord j'suis pas le cuisinier, j'suis le chef de brigade du chantier !

– Ça alors, le chef de brigade ! Voyez un peu mon caillé de soja, il est bien blanc, bien tendre, mais ferme aussi [1]. Il se tient bien à la cuisson et ne s'écraserait pas s'il venait à tomber à terre. »

Elle portait une palanche. Tout en parlant, elle s'était penchée pour soulever la gaze qui recouvrait le caillé. Elle en avait pris un morceau, l'avait retourné dans sa main. Le caillé tremblotait, crissait un peu dans sa paume.

« Il n'est pas acide au moins ? avait demandé Yang Liujiu, le regard égaré.

– Non, chef de brigade.

– Un caillé si tendre, si blanc, ça m'étonne !

– Chef de brigade, s'il est acide je ne vous ferai pas payer. Si vous ne me croyez pas, je vais vous en faire goûter un petit morceau. »

La femme avait sorti de la palanche un couteau étincelant et avait coupé un angle du caillé. Elle avait piqué le couteau dedans et l'avait approché de Yang Liujiu.

---

1. En chinois, l'expression « manger du caillé de soja » veut dire « flirter ». Elle n'est employée que par les hommes. Il est évident que plus le caillé est blanc et tendre, plus la chose est agréable.

« Alors, je vais pouvoir y goûter ? Tu voudras bien ? »

La femme avait roulé ingénument des yeux et avait dit, avec un sourire candide : « Chef de brigade, vous aimez bien la plaisanterie. Le caillé est à portée de votre bouche et vous dites que je pourrais vous empêcher d'y goûter ? »

Yang Liujiu avait baissé la tête et englouti le morceau de caillé. Des petits morceaux restaient accrochés à ses dents jaunes. Il avait retroussé les lèvres en un sourire et affirmé : « Dieu que c'est acide !

— Puisque vous le dites, vos paroles sont d'or.

— Vraiment, dis ton prix !

— Si vous me payez en grains, c'est deux livres de caillé pour une livre de grains ; en espèces, c'est vingt-cinq centimes la livre.

— Trop cher !

— Oh, mon grand frère chef de brigade ! Je suis une faible femme et, pour moi, fabriquer du soja, c'est pas une petite entreprise. Faut bien que je gagne quelques maigres sous !

— Allons, disons vingt centimes la livre !

— La classe ouvrière dirige tout, c'est bien connu, et vous n'auriez pas ces quelques centimes ! Je sais, moi, qu'avec l'argent qui vous restera, je pourrais encore avoir un pichet de sauce de soja et une livre de sel.

– Je vois bien que tu essaies de m'embobiner avec tes belles paroles, de me faire du charme ! Va pour vingt-cinq centimes ! Liu, Liu, viens acheter du caillé, on prend toute la palanche ! »

Liu était sorti de sa cuisine, aussi raide qu'une bûche. Yang Liujiu lui avait dit d'aller chercher la balance pour peser le caillé.

« Ne prenez pas cette peine, grand-oncle, avait dit la femme, il y a quarante livres sur une palanche, à peu de chose près, inutile de le peser. »

Yang Liujiu avait aidé la femme à transporter le caillé dans la cuisine. Elle l'avait suivi et avait dit en faisant traîner les mots : « Frère aîné… vous avez un brin de paille dans les cheveux. » Elle avait avancé la main et retiré la tige de la tignasse hirsute de Yang Liujiu. Elle avait pris le brin entre deux doigts et avait soufflé dessus, puis elle avait souri. Son visage ressemblait à une grenade mûre éclatée. Yang Liujiu l'avait mangée du regard avec insistance, puis il avait pressé Liu d'ouvrir la caisse pour la payer. Liu avait sorti à contrecœur de dessous sa couchette une boîte en fer toute rouillée. Il avait pris à sa ceinture une grosse clef cuivrée et avait ouvert en tremblant l'imposante serrure en laiton qui fermait la boîte. Il avait compté les billets crasseux. La femme avait mouillé son doigt et les avait recomptés deux fois un à un avant de les enfermer dans un mouchoir en disant : « Grand-oncle, frère aîné, demain vous en reprendrez bien, je vous le livre à domicile.

– C'est bon, apporte », avait répondu Yang Liujiu.

La femme était repartie. Yang Liujiu l'avait suivie du regard jusqu'à la digue. Le vent faisait battre ses vêtements autour de son corps comme des ailes de papillon. Liu avait émis de nouveau un rire bizarre. Yang Liujiu n'avait pas osé soutenir en face son regard méchant et sournois. Il s'était accroupi pour éplucher les feuilles jaunies des épinards, n'en avait épluché qu'un pied, et était sorti d'un bond de l'abri pour lancer un coup de sifflet. Les ouvriers s'étaient redressés, stupéfaits. « Une demi-heure de repos ! avait-il braillé. Repos pendant une demi-heure ! » Ils avaient alors posé leurs outils. Certains s'étaient soulagés sur place, d'autres s'étaient assis sur leurs talons pour fumer, ceux qui ne fumaient pas s'étaient allongés, le visage au soleil.

Il allait faire un tour d'inspection sur le chantier quand il avait vu revenir la femme au caillé. Elle était suivie de près par une jeune fille de dix-huit à dix-neuf ans. Cette dernière était mince, élancée. Elle avait une expression de tristesse pitoyable. Ses vêtements étaient rapiécés de tous côtés mais d'une propreté irréprochable. Yang Liujiu s'était demandé en la voyant s'il ne s'agissait pas d'une actrice égarée dans le monde de tous les jours.

La vendeuse de caillé l'avait hélé de loin. Elle lui avait raconté comment, sur le chemin du retour, elle avait rencontré cette jeune fille qui pensait vendre ses ciboules aux ouvriers, question de leur donner du cœur à l'ouvrage. Mais voilà, la belle était timide, et pourtant, avec sa mère malade et alitée, elle avait bien besoin d'argent. Ses ciboules étaient superbes car elle allait de jour comme de nuit puiser de l'eau à la rivière pour arroser son potager. Elle en avait même la peau des épaules tout arrachée. Par ces temps de sécheresse, alors que les incendies s'allumaient ici et là, trouver des ciboules dégoulinantes d'eau fraîche et si tendres, c'était une aubaine. Elle l'avait donc exhorté à prendre tout le panier.

« Impossible, avait dit Yang Liujiu, on a déjà des épinards.

— Si vous faites sauter le caillé de soja avec des épinards, ça le rendra amer, et les épinards de leur côté seront âcres. Avec le soja, rien ne vaut la ciboule. Sa couleur verte assortie au blanc du caillé de soja vous mettra des lueurs de gourmandise dans les yeux.

— Liu, on en prend ? » avait demandé Yang Liujiu.

N'entendant pas de réponse, il avait tourné la tête du côté du cuisinier et l'avait vu qui s'efforçait de se redresser, le regard rivé sur la jeune fille, les rides contractées par l'émotion. Il avait l'air bouleversé.

« Liu, alors ?

– On prend, oui, on prend ! » avait balbutié Liu en baissant la tête, la gorge nouée. On aurait dit un enfant sur le point de pleurer.

« Huixiu, remercie donc le grand-oncle, avait recommandé la femme à la jeune fille.

– Merci, grand-oncle », avait répété docilement la petite.

Quand Liu avait voulu ouvrir la boîte en fer, la clef tremblait si fort qu'il n'était pas arrivé à la mettre dans le trou de la serrure.

Le lendemain, la femme était revenue avec sa marchandise et la jeune fille aussi. Yang Liujiu et la femme bavardaient, s'asticotaient. La femme gardait ses distances ou se montrait familière. Elle jouait les idiotes, puis le taquinait. Elle le provoquait tant et si bien que Yang Liujiu était comme la flèche d'un arc prête à partir au moindre effleurement. La femme s'appelait Bai Qiaomai, elle habitait la première maison à l'entrée ouest du village. Quand Yang Liujiu lui avait demandé si elle était mariée, elle lui avait dit que son homme travaillait comme chef de bataillon dans l'armée. Yang Liujiu en avait été tout refroidi. La femme lui avait dit alors en pouffant de rire que son mari s'était enfui à Taiwan à bord d'un avion. « Alors, vous êtes une veuve sans l'être vraiment, avait remarqué Yang Liujiu.

– Hélas ! » avait-elle répondu en soupirant longuement.

Liu le bossu regardait fixement Huixiu, l'expression de son visage était effrayante. Ce type-là est incorrigible. Ce vieux gredin qui veut faire le joli cœur !...

D'un coin de l'abri montent les crissements de deux grillons. Sun Ba et Lai Shu continuent de jouer avec entrain sous la lampe. Au bout de dix jours, ce régime de caillé de soja et de ciboulette avait semblé produire quelque effet sur les ouvriers. L'avant-veille, derrière la palanche de Bai Qiaomai, suivait un grand chien noir. La bête l'avait regardé avec animosité. Quand Sun était allé aux cuisines chercher de l'eau, le chien l'avait vu, les poils de son cou s'étaient hérissés, les muscles de ses pattes arrière s'étaient tendus. Il avait grogné, question d'impressionner Sun. Mais celui-ci avait regardé la bête avec mépris, sans montrer la moindre peur. Yang Liujiu est au courant des cancans qui circulent sur le compte de Sun. Il serait un voleur de chiens. Il lui arriverait aussi de voler des bœufs, et parfois des chevaux. Sun a l'air d'un gamin mal poussé qui aurait vieilli prématurément. Les ouvriers du chantier ne valent pas tripette, et Lai Shu pas plus que les autres. Il n'y a qu'à voir avec quelle frénésie il se met à jouer. Et moi, se demande Yang Liujiu, est-ce que je vaux quelque chose ? La pensée de la morte lui donne la chair de poule. Est-il vraiment un détrousseur de cadavres ? Peut-être lui a-t-il sauvé la vie ? Des faits semblables sont relatés depuis les temps les plus anciens. On fait ça, poussé par la misère. Quant au commandant Guo, c'est pas quelqu'un de bien non plus.

Sun lui avait dit avant-hier : « Yang Liujiu, tu en pinces pour cette grosse et moi c'est le chien qui me botte. Suffit que tu te décides, je l'attrape et on le passe à la casserole.

— Espèce de crétin ! avait-il répondu. Ce qui m'étonnerait, c'est qu'un chien comme celui-là, aussi féroce qu'un loup, ne fasse pas de toi deux bouchées !

— J'suis capable d'attraper un tigre au bout d'un hameçon ! » avait rétorqué Sun.

Tout le monde avait ri et Lai Shu avait ajouté : « Yang Liujiu ! Tu fais tes affaires avec le bien public. Tu profites de la femme et tu nous laisses le caillé de soja ! »

« Alors, tu veux encore des cartes, ou quoi ? » demande Sun.

Yang Liujiu se retourne sur sa paillasse et se met sur le côté, face à l'ouest. Lai Shu s'est assis de biais, cela lui permet d'apercevoir l'air satisfait de Sun.

« Alors ! » reprend Sun dont le visage brille d'animation. Ses yeux très rapprochés se touchent, ce qui lui donne l'air d'un chiot en cavale, fou et stupide.

« Une carte », répond Lai Shu. En bougeant, il a à moitié caché le visage de Sun. La lumière de la lampe entre sous l'abri et balaie un court instant le visage de Yang Liujiu. Lai Shu revient à sa place initiale. Aussitôt, le visage de Sun réapparaît. Yang Liujiu sent que le regard sombre et rusé de Lai Shu est posé sur le visage de son comparse. Le regard de Sun suit les mouvements du visage de Lai Shu. Ce dernier allonge le cou comme fait un cheval pour boire à la rivière. Yang Liujiu voit que Lai Shu passe une main derrière son dos. Son corps n'a pas bougé d'un pouce. Lai Shu reste en avant, le cou tendu, comme s'il inspectait quelque chose.

« Tu veux encore des cartes ? demande Sun.

– Non, répond Lai Shu, abats tes cartes ! »

Sun abaisse ses cartes sans plus attendre en criant : « Trente et un ! Est-ce que t'aurais le même compte par hasard ? »

Lai Shu regarde avec sérieux les cartes de Sun. Yang Liujiu voit, à nouveau, une main passer derrière le dos de Lai Shu.

« Y a pas de quoi claironner ! Avoir le trente et un, c'est pas si sorcier ! Compte voir mes cartes. » Lai Shu, d'un coup d'épaule, fait tomber ses cartes devant Sun.

« Sept, sept, huit, un, un, quatre, trois. Eh bien, t'as compté : trente et un, partie nulle. Avec ta malchance habituelle, tu pourras jamais gagner. Puisqu'on est à égalité, je te laisse cette partie. »

Sun fait une grimace comme s'il allait pleurer, il baisse la tête pour regarder les cartes, la relève, regarde Lai Shu.

« N'oublie pas, quatre paquets et huit cigarettes ! »

Lai Shu vient à peine de finir sa phrase que Yang Liujiu voit Sun se redresser, bondir sur son comparse, comme mû par un ressort, et décocher un direct qui frappe Lai Shu au visage avec un bruit mat. Lai Shu pousse un cri bizarre, se protège la tête avec les mains et tombe à la renverse au beau milieu du déballage de chaussures. Sun soulève les cuisses de Lai Shu et sort deux cartes de sous ses fesses. Fou de rage, il profère un chapelet de grossièretés sans parvenir à se calmer. Toutes griffes dehors, il se précipite de nouveau sur Lai Shu et l'empoigne en l'injuriant. Lai Shu se retourne brusquement, se lève en se dégageant de l'étreinte de Sun. Sa tête heurte la charpente de l'abri, la lampe vacille, la lumière blafarde balaie l'espace. Lai Shu courbe le dos et empoigne Sun. Celui-ci l'empoigne à son tour. Aussi maigres l'un que l'autre, ils sont noués comme des serpents.

Yang Liujiu, à poil, se lève d'un bond. Il piétine les dormeurs sans se soucier des cris et des hurlements. Sous l'autre moitié de l'abri, certains ont été réveillés en sursaut. Tous gueulent des injures. D'un bond, Yang Liujiu est sous la lampe. Il se baisse et donne des coups de pied au hasard dans la boule confuse que forment Lai Shu et Sun Ba. Soudain, Lai Shu pousse un cri perçant, comme s'il avait reçu un coup de poignard au ventre. Le nœud de serpents se défait et Lai Shu reste plié en deux. Il a le teint cireux. Sun, le regard brillant, est accroupi, un sang noir sort de sa bouche. Il a carrément plongé son bras dans le pantalon de Lai Shu et a saisi ce dernier au point vulnérable. Lai Shu est au bord de tourner de l'œil. Yang Liujiu met brutalement Sun à terre, retire le bras. Ainsi libéré, Lai Shu gît comme un serpent mort au beau milieu des chaussures. Son corps semble rapetissé. Yang Liujiu se met entre les deux en disant : « Merde ! Allez vous coucher ! Quand le commandant Guo rentrera, il vous réglera votre compte ! »

Tous les ouvriers sont maintenant réveillés. Les injures pleuvent. Les hommes sortent un à un de l'abri pour pisser et reviennent sans cesse de jurer. Le petit chien borgne se met à aboyer dans les cuisines, d'une façon ridicule. Alors Yang Liujiu a une inspiration soudaine : « Sun ! Toi et Lai Shu, vous avez réveillé tout le monde, vous devez racheter votre conduite par une action méritoire. »

Les deux hommes se jettent des regards haineux.

« Va capturer le grand chien pour qu'on se lubrifie la panse ! » déclare Yang Liujiu.

Des cris de joie fusent sous l'abri, c'est à qui vantera les mérites de Sun.

« J'irai seul, dit Sun, je ne ferai pas le chemin avec ce gredin !

— Sale petit con de fanfaron ! dit Lai Shu.

— Sun ne sait que se vanter. On raconte que tu es un as pour attraper poulets et chiens, mais jusqu'à présent on n'en a guère vu la couleur !

— Pfft ! lance Sun à l'adresse de ses compagnons dans le noir. Chef Yang, tu me garantis qu'une fois le chien mangé, tu ne feras pas de rapport au commandant Guo ?

— Dis donc, tu me prends pour qui ? Allez va !

— D'accord ! »

Sun entre sous l'abri, prend un paquet et le fourre dans sa ceinture.

« Chef Yang, demande-t-il, accompagne-moi aux cuisines, j'aurai besoin de quelques provisions. »

Yang met son pantalon et sort de l'abri torse nu, Sun sur ses talons, pareil à un jeune loup. Dans les yeux de Sun dansent des lueurs sauvages. Les deux hommes se glissent dans les cuisines. Yang cherche les allumettes pour allumer la lampe. Il voit les yeux de Liu le bossu qui brillent comme des feux follets. « Liu, chut ! recommande-t-il. Sun va accomplir une bonne action qui profitera à tout le monde. Alors, Sun, de quoi as-tu besoin ?

— De beignets, ceux qu'on mange le matin.

— Il en reste, Liu ? demande Yang.

— Foutez le camp ! jure Liu en guise de réponse.

— Allons Liu, du calme ! reprend Yang. On est tous de la même farine. On profite de l'absence du commandant pour faire ce qu'on veut. Pas la peine d'essayer de donner le change ! »

Tout en parlant, Yang prend le seau en fer accroché au mur de l'abri. Il en sort un beignet qu'il tend à Sun.

« Chef Yang, avant de me mettre à l'œuvre, faut que je prenne des forces. » Il plonge sa main dans le seau et en retire deux grosses poignées de beignets. « En attendant de pouvoir manger du chien ! » dit-il.

Le clair de lune inonde le sol de sa blancheur immaculée. Dans la petite cour sur la rive sud de la rivière, le grand chien aboie comme en rêve. Sun escalade la digue en courant de son pas silencieux. Déjà il a disparu.

3

Depuis qu'il a aperçu la frêle Huixiu, Liu le bossu se sent l'esprit un peu dérangé. Tout comme cette année-là, dans la grande forêt du nord-est, quand il avait mangé des champignons dorés. Des pensées, des visions assaillent son esprit telles des flèches, le transpercent par tout le corps, son cœur est comme un nid d'abeilles, il saigne de toutes parts, est perméable à l'air. Ses gestes ne lui appartiennent plus. Il a l'impression d'être dans la peau d'un autre. L'eau déborde dans la jarre. L'eau qui bout dans la marmite devient une sorte de magma. Une couche blanchâtre reste accrochée sur les flancs de l'ustensile : le racloir n'en vient plus à bout. Le panier est tout roussi et les pains sont à peine cuits. Le soja et les ciboules sont si salés qu'ils sont immangeables. Les ouvriers lui ont demandé s'il n'avait pas tué par hasard le marchand de sel. Ils prétendent que l'esprit de Liu a été ravi par un esprit de renard. Yang Liujiu, pour lui remettre les pieds sur terre, lui a dit qu'il ne devait pas péter plus haut qu'il n'avait le derrière. Si séduire une femme à demi libre comme l'était Bai Qiaomai était pardonnable, un vieux bouc comme lui ne devait pas prétendre goûter à l'herbe tendre sans attirer sur lui les pires châtiments. Séduire une jeune fille vierge aussi frêle, aussi pitoyable que Huixiu, c'était l'affaire d'un jeune gars. Liu en a eu le cœur brisé. Son cœur saignait d'un sang trouble, pareil à de la saumure. Il a levé son couperet pour régler son compte à Yang Liujiu qui s'est esquivé en se protégeant la tête entre les mains.

La jeune fille, avec cette couleur de peau, cette stature, ces yeux effilés et mélancoliques, ressemble terriblement à l'autre. Dès qu'elle apparaît à l'entrée de l'abri, il semble comme frappé d'une balle, terrassé par un coup de massue. Il reste là, stupide. Il lui semble que la terre se dérobe sous ses pieds tandis qu'immédiatement un courant brûlant afflue à sa tête. Yang Liujiu, Bai Qiaomai à la poitrine haute, à la croupe large, flirtent, se taquinent. Dans la lumière du soleil, Huixiu la vendeuse de ciboules brûle comme une torche et lui se consume d'un feu intérieur, le regard rivé sur elle. La jeune fille ressemble étonnamment à sa femme, qui est partie avec la petite au bras d'un autre. À l'époque, pour la ramener, il avait parcouru l'étendue de trois districts. Il avait fini par la retrouver. Il ne se rappelait plus bien si le village s'appelait Masang. Il avait été tellement effrayé, tous ces gens qui le poursuivaient. Il avait détalé comme un chien errant…

Yang Liujiu n'a même pas pris la peine de refermer la porte faite d'une natte de roseau fixée à quatre bâtons. L'ouverture de l'abri des cuisines n'est pas régulière. Elle bâille comme une grande bouche édentée. Dans la paroi sud de l'abri, deux trous gros comme le poing laissent passer deux rayons de lune. L'un tombe sur la poitrine de Liu, l'autre éclaire le crâne du petit chien sur le sol. L'animal dort en boule, d'un sommeil agité. Il gémit de temps à autre, rêve sans doute à une femelle. La bosse de Liu l'empêche de dormir sur le dos. Il est couché sur le flanc. Tout le passé, oublié depuis longtemps, défile devant lui. Il le voit, même quand il a les yeux ouverts, mais les images sont plus nettes quand il les garde fermés.

À l'époque il était jeune, avait à peine dépassé la trentaine, et revenait de Mandchourie avec un petit pécule de cinq cents yuans. Il avait épousé, grâce à cette somme, une jolie fille de dix-huit ans. La belle avait toujours le sourcil froncé, la mine renfrognée. Il avait déjà le dos un peu voûté à force de porter de gros morceaux de bois dans les monts Changbai. Son dos craquait au moindre mouvement. Il savait qu'il était bien plus âgé qu'elle, qu'il n'était pas beau. Il était conscient d'avoir trompé cette belle fille et s'efforçait de la consoler par tous les moyens. À la longue, ce cœur de pierre avait fini par s'attendrir. Elle lui avait donné une fille, aussi maigre qu'un bout de bois. On l'avait appelée Liman, « carpe », car le jour de l'accouchement il avait pêché une carpe de plus de deux kilos avec un trident. Il avait préparé une soupe de poisson pour remonter la jeune accouchée. La maternité avait rendu la jeune femme plus souriante. Lui peinait dur et était connu pour sa résistance au travail. Il gardait femme et enfant comme des canaris dans une cage, à l'abri des difficultés. La femme allaitait. Elle s'était étoffée, son buste s'était développé. « La mère, lui disait-il, faut me donner un fils ! » Elle ne répondait pas et regardait en riant l'enfant qui tétait. Parfois elle lui retirait le bout de sein de la bouche, alors le bébé aussitôt s'agitait comme un beau diable… Huixiu ressemble tellement à la jeune épousée, qu'il ne sait plus où il en est. Elle est mince comme elle, élancée, avec cette même expression craintive qui attire la pitié. Dix-huit ans déjà ! Liman devrait être aussi âgée qu'elle. Et si c'était sa propre fille ? Après tout, les événements ici-bas

prennent parfois l'allure de coups de théâtre ! Tu
rêves, Liu le bossu ! Avec ta malchance, inutile de
rêver ! Le village ne s'appelait pas Masang, il n'y
avait pas non plus, je crois, de rivière Balong
derrière le village. Mais il est sûr du nom du
district, situé à deux cents kilomètres de chez lui.
À l'époque, il était seul au monde et pouvait manger
gratis partout où il passait, tant la nourriture abon-
dait. Quand il était sorti du champ de soja, il avait
entendu le bruit sec des grains roussis qui jaillis-
saient de leurs cosses, il avait vu les grains fuser haut
et loin... Au-dessous du nombril, Liman a un grain
de beauté gros comme un ongle. On dit qu'une
femme qui n'a pas de grain de beauté est vouée à
être une bête de somme. Sa femme en avait sept,
placés sur le dos. Pendant la période de leur bonne
entente, elle lui avait dit qu'elle était née sous une
mauvaise étoile, il lui fallait porter tous les jours ces
sept grains de beauté sur le dos. « Grains de beauté
sur le dos, misère certaine, sur la poitrine, prospérité
assurée... »

Il n'a pas remarqué que le rayon de lune s'est
déplacé de sa poitrine jusque sur son visage. Son
regard suit le rayon jusqu'à sa source. Il remarque
des ombres sur la lune, comme celles projetées par
des arbres, il sent une fraîcheur glacée gagner ses
yeux. La friche, dans cette seconde moitié de la

nuit, a fini de restituer toute la chaleur accumulée pendant le jour. L'odeur fétide qui monte des terres salines se fait de plus en plus tenace, la rivière pleure, sanglots de petite fille, tout bas. De l'abri lui parviennent des murmures. Le régime sans matière grasse éprouve durement les hommes. À lui non plus, manger tous les jours du caillé de soja avec des ciboules, cela ne dit trop rien. Mais voilà, Yang Liujiu achète chaque jour le soja de la femme, et lui, dans la foulée, prend les ciboules de Huixiu. En fait, quand bien même ils auraient de l'argent, ils ne pourraient pas se procurer de la viande. Huixiu se tient toujours derrière Bai Qiaomai, elle ne la quitte pas d'une semelle, apeurée, comme un petit chien. Les autorités allouent cinquante centimes par jour aux ouvriers du chantier. Comment le commandant Guo a-t-il obtenu cela, c'est un mystère. Chaque ouvrier reçoit des autorités deux livres de farine de maïs et cent grammes de farine blanche. Où le commandant Guo a-t-il dégoté cette charrette, mystère encore. Il a l'entière confiance du commandant Guo qui lui laisse tenir les cordons de la bourse. Lorsqu'il portait le bois dans les vastes forêts des monts Changbai, il connaissait déjà ces histoires d'hommes qui vivent ensemble. Ensuite il était parti extraire des pierres sur les monts du Sud, construire un pont à Beihai. Il avait mené une existence vagabonde.

Cette vie de bonheur qu'il avait achetée avec ces cinq cents yuans avait passé comme l'éclair. Il a oublié à quel moment on a entrepris la construction de cette route. Il ne sait pas non plus jusqu'où elle doit aller. La clarté de la lune lui glace encore plus les yeux. Son regard remonte le flot de lumière dorée. Il remonte encore une fois jusqu'à la lune elle-même. Il voit les ombres, comme projetées par des arbres…

Dix-huit ans auparavant, on l'avait expédié pour trois mois aux monts du Sud pour extraire le minerai de fer. Son départ avait coïncidé avec le début de l'été. On venait de finir de battre le blé. Certains pieds de maïs commençaient à monter en épis. Le portail était fermé. Sa femme se baignait dans la cour. L'enfant dans les bras, il la regardait depuis la maison. Elle se servait d'une vieille cuvette en terre noire et d'une serviette de fabrication soviétique à carreaux verts. Elle trempait sa serviette dans l'eau et arrondissait les bras au-dessus de la nuque. L'eau ruisselait doucement le long du dos. Les grains de beauté sur sa peau étaient comme les sept étoiles de la Grande Ourse. L'eau ne restait pas sur son corps lisse, mais glissait comme elle fait sur des feuilles de nénuphar ou sur les plumes d'un caneton. L'enfant suçait son pouce et riait à gorge déployée… Quand il était revenu des monts du Sud, les feuilles de kaki

57

dans les ravines éclataient d'un rouge sang. Tout en suivant le sentier de montagne, l'image de la femme et de l'enfant ne cessait de lui apparaître. Il ne les avait pas vues depuis trois mois. La petite devait savoir dire papa. Il suivait le sentier sans sentir la fatigue. Un feu intérieur le poussait à allonger le pas. Des monts du Sud à chez lui, il y avait plus de cent vingt kilomètres. Parti aux premières lueurs rougeoyantes de l'aube, il était arrivé au village un peu avant minuit. Le midi, il avait déjeuné d'une grosse patate douce dans une cantine. Il s'était mis à croupetons et avait commencé à manger. Personne ne lui avait rien demandé. En ce temps-là, les gens semblaient idiots, avec leurs visages inexpressifs. Tout le monde se connaissait, pourtant c'était comme si l'on ne se connaissait pas. Il se rappelle vaguement avoir traversé un marché bruyant et animé. Les gens s'y bousculaient sans s'adresser la parole. Chacun, dans son coin, vaquait à ses affaires.

Le voici à l'entrée du village, il soupire d'aise et court chez lui à la vitesse de l'éclair. Il ne remarque même pas que le portail n'existe plus. D'un bond il est dans la cour. Il comptait faire une surprise à sa femme, mais la vue du trou béant qui tient lieu de porte le fait sursauter. Dans la cour vaguement éclairée par la lueur des étoiles, il appelle la mère de

Liman, sans réponse. Il appelle de nouveau. Alors, quelques chats sauvages bondissent hors de la maison, grimpent sur le mur de la cour puis sur le toit, et là, sur le faîtage, alignés, la queue en l'air, se mettent à flâner tout en miaulant. Pour le coup son cœur se glace. Ses narines sont pleines de l'odeur fétide de vase qui se dégage de la cour délabrée.

« Mère de Liman ! Mère de Liman ! » crie-t-il, désespéré, en se ruant dans la maison. À l'intérieur règne une forte odeur de poussière. Des rats au poil mouillé chicotent sur les poutres. Les puces pleuvent comme des balles sur son visage. Il prend dans sa poche une allumette, la craque et constate l'aspect délabré de la pièce. Les coffres et les bancs sont toujours là mais ils sont recouverts d'une épaisse couche de poussière sur laquelle se dessinent distinctement les empreintes des pattes de rat. L'allumette s'éteint, tout devient d'un noir d'encre. Une chauve-souris entre par le trou de la porte et entame une bagarre avec les rats sur les poutres. Il craque une seconde allumette. Il voit les débris de vaisselle à terre et une couche de bébé qui sèche encore sur le fil. Il trouve la lampe à huile et l'allume. La lampe à la main, il inspecte la pièce de fond en comble. Il ouvre les coffres. Ses vêtements à lui sont là mais ceux de la femme et de l'enfant ont disparu. Il ôte le couvercle de la jarre à céréales. Elle est à moitié vide et des crottes de souris se mêlent aux grains. Au milieu, il y a comme de la ouate déchirée. Il déplace la ouate, quelques petites larves rouges roulent et gigotent avec de faibles cris sur les crottes. Son estomac se contracte, il a un haut-le-cœur. Il détourne rapidement les yeux et voit contre le mur les outils auxquels on a retiré les têtes en fer. Abattu, il se laisse choir sur le sol comme s'écroule un pan de mur imbibé d'eau. Il n'a plus la force de se relever. La lampe se renverse à terre, l'huile se met à couler, s'enflamme, petit serpent incandescent. La pièce entière danse avec le feu. Faute d'huile, le feu s'éteint et l'obscurité règne de nouveau. Il réfléchit, allongé par terre. Tout est fini, son foyer, ce foyer si douillet ! La jeune femme n'a sans doute pas supporté la solitude, cette ardeur de la jeunesse restée inemployée, elle est partie avec un autre, emmenant l'enfant avec elle. Des larmes brûlantes roulent par intermittence sur son visage couvert de crasse et de poussière…

Le grand chien qu'il connaît bien aboie à l'ouest du village puis, comme d'habitude, comme par contagion, d'autres aboiements lui répondent dans le bourg. À la fin, tout redevient silencieux. La lune blanche et ronde descend vers le sud-ouest, haut dans le ciel. C'est bien la deuxième moitié de la

nuit. Le visage de Liu le bossu est humide. Il n'oserait pas affirmer qu'il a pleuré. Plus de dix ans ont
passé et son cœur s'est endurci sous les coups du
destin ; rien ne semblait plus pouvoir le toucher. Et
voilà que la jeune vendeuse de ciboules, comme par
miracle, lui a ôté cette carapace, et ce cœur est
devenu aussi tendre et délicat qu'une cigale après la
mue. Il s'assied et cale son dos bossu contre l'oreiller
fait de chaume tissé. Il allume une pipe. Ces dix der-
niers jours, il a repensé à tout cela, pesant le pour et
le contre. Ce souvenir lui est amer et doux à la fois.
Il est dans un état de semi-torpeur. Elle est devant
lui, aussi jeune et jolie qu'autrefois, elle lui dit les
yeux pleins de larmes : « Père de Liman, il ne faut
pas m'en vouloir ! » Quand il ouvre les yeux, la
vision a disparu. Le trou de la porte s'ouvre sur la
friche saline glacée. Les cheveux de la femme lui
chatouillent le visage. Des mains douces lui cares-
sent les bras, la poitrine. Il ouvre les yeux. Les deux
rayons de lune éclairent faiblement le sol. Des
larmes brillent dans les yeux du petit chien...

Il est toujours allongé par terre, chez lui, avec
l'impression que son corps s'enfonce dans le sol. Il
voudrait bien se relever d'un bond, se débattre, mais
il ne sent plus ses bras ni ses jambes. Il est éreinté
d'avoir couru par les sentiers de montagne, bondi

sur les routes. Pendant tout le trajet, la pensée de sa femme et de l'enfant lui avait fait oublier la fatigue. Il les a perdues toutes deux et maintenant la fatigue s'empare de lui. Il se dit qu'il vaudrait mieux pour lui rester couché ainsi et mourir. Aux premières clartés de l'aube, il se met péniblement debout. Il sort de la cour en trébuchant comme un bébé qui apprend à marcher. Le village semble dévasté par une mutinerie. Les arbres sont décapités. Les hauts fourneaux, un peu à l'écart, crachent leur fumée noire dans le ciel. Des passants transportent en toute hâte des fagots et des herbes. Il entre chez la deuxième tante. La cour est occupée par des gens qui parlent avec un accent étranger au district. Il entre chez le sixième oncle. Les portes et les fenêtres de la maison ont été déposées et des tapis sont placés dans la pièce. Un vieillard à la vue affaiblie raccommode de vieux chaussons. Il finit par rencontrer une connaissance. Il apprend que tout le monde a déménagé pour un autre village à l'ouest. Il y court, escomptant y trouver femme et enfant. On lui dit que deux mois auparavant sont arrivés des étrangers au district. Il y avait parmi eux un intellectuel au visage fin, vêtu d'un uniforme en serge bleue. Au col de sa veste étaient accrochés trois trombones recourbés, rutilants. À la poche sur sa poitrine était fiché un stylo. On avait vu sa femme partir avec le gars en direction du nord-est. Le gars portait le bébé dans ses bras, la femme suivait derrière, un énorme baluchon rouge suspendu à son bras. Ce qu'il vient d'apprendre de la bouche des gens du village le remplit de colère. Il se jure de ramener l'infidèle et de régler son compte au jeune gars qui a osé s'approprier ainsi la femme d'autrui. Il porte l'affaire auprès des dirigeants du village. On l'expédie d'abord dans les monts du Sud extraire du minerai. Il accepte.

Il prend quelques provisions de voyage à la cantine et part en direction du sud. Au bout de deux ou trois kilomètres, il bifurque dans les vastes terres opulentes d'un jaune verdâtre et presse le pas en direction du nord-est. Il marche de jour comme de nuit, brûlant les étapes. Il boit l'eau fraîche d'un ruisseau, grignote un peu de provisions. Il passe la première nuit dans un champ de maïs. Le second jour, il parcourt encore cinquante kilomètres et passe de nouveau la nuit à la belle étoile. Le troisième jour, il sait qu'il a atteint le terme de son voyage. Depuis deux jours il court, se fiant à son flair comme ferait un chien de chasse. Sur les sentiers, sur la grand-route, il n'a pas eu le temps de réfléchir à quoi que ce soit. Il s'est laissé guider par l'odeur forte de lait qui se dégage du corps de sa femme. Les pleurs de la fillette résonnaient vaguement là-bas devant lui. Puis tout a disparu. La piste s'arrête là. Il sait qu'il est arrivé. La femme et l'enfant doivent se cacher dans un des villages alentour.

Alors le soleil se couche lentement, énorme roue de feu. Au nord il y a des hauts fourneaux de fortune. Les torchères éclairent en rouge une portion du ciel. Le feu ruisselle partout. La terre a la raideur de l'acier solidifié. Pendant ces deux jours, il a pu admirer la richesse des campagnes. Dans la plupart des cas, les récoltes mûres à point restaient encore sur pied. Au carrefour des chemins, il a vu des sacs emplis de coton, de soja, des tas de patates douces. Personne ne s'en inquiétait. Il éprouve de la peine en repensant à l'attachement viscéral des paysans pour les céréales. Des idées macabres zèbrent de leurs lueurs d'acier les forêts de sa pensée. Le pressentiment d'un malheur imminent, avec son cortège de souffrances pour le peuple, le fait frissonner sans cesse, comme si la disparition de sa femme et de sa fille n'était que le prélude à ce malheur. Le soleil rouge se couche. Seuls deux filets de fumée s'élèvent des cheminées du village devant lui. Ces cheminées, en brique rouge, sont surmontées d'un conduit en terre cuite émaillée pourpre. Une fumée jaunâtre, épaisse, visqueuse en sort. Il n'y a pas de vent. Les deux colonnes de fumée montent droit dans le ciel sur plusieurs dizaines de mètres avant de se disperser. On dirait deux pins grandis côte à côte à l'assaut du ciel. Il sait que ce n'est pas encore l'heure du repas.

Il pourrait aller au village et attendre. Personne ne lui réclamerait de ticket-repas. Il n'ose pas se montrer et s'enfonce dans un champ de maïs. Il pose le baluchon qu'il porte sur l'épaule, l'étale sur le sol. Les deux pains tout ratatinés dégagent une odeur légèrement aigre. Il retire son nez de dessus le pain et distingue alors un parfum frais de ciboule parmi l'odeur sèche des chaumes de maïs. Il se met à chercher à la lueur pourpre du couchant et trouve effectivement, au pied d'un plant de maïs, quelques touffes d'ail sauvage. Il arrache avec précaution le plant avec ses racines. Les tiges sont d'un vert très tendre. Les têtes sont à peine plus grosses que des cacahuètes. Il secoue la terre, en choisit quelques-unes et les avale avec délice en même temps que le pain. Le maïs est mûr depuis longtemps, tous les épis pendent, les barbes sont si sèches qu'on dirait les moustaches et les cheveux d'un mort. Le vent qui passe les fait bruire avec fureur. Sa collation terminée, il se sent le ventre aussi creux que s'il n'avait rien mangé. Il arrache un épi au hasard, l'épluche, pince entre ses ongles les grains qui s'avèrent être plus durs que du fer, impossible de les manger crus. Il s'allonge dans le champ. Un croissant de lune se montre puis disparaît. Les étoiles brillent, la rosée se transforme en givre. Son vêtement mince et déchiré ne le protège pas, le froid le fait claquer des dents. Il doit se lever, bouger pour se réchauffer.

Il sort du champ de maïs et voit une énorme chose noire sur le bord du chemin. Il s'approche furtivement. Il s'agit d'un four à briques désaffecté. Des herbes folles rabougries poussent aux abords. Des morceaux de briques lui rabotent les orteils. Il va entrer dans le four pour se protéger du froid, quand des sanglots s'élèvent soudain de l'intérieur. Surpris au plus haut point, il s'arrête net, se baisse et se tient coi. Le vent d'automne souffle par moments, faisant bruire les végétaux. Les étoiles brillent de mille piques d'acier. Les pleurs venant du four sont de plus en plus distincts, il s'agit de ceux d'une femme. Plein de crainte et de doutes, il entend une voix sourde d'homme : « Ne pleure pas, petite sœur ! » Puis il se dit que la fille s'appelle peut-être « Petit Blé » car l'accent du coin confond les deux mots. Les sanglots et les hoquets de la fille se font plus sonores.

« Sauvons-nous ! dit le garçon.

— Pour aller où ? demande la fille, la voix entre-coupée de sanglots.

— En Mandchourie !

— Mais on n'a pas l'argent pour le voyage !

— On grimpera sur le marchepied !

66

– J'ai peur, on raconte que là-bas les ours noirs viennent vous manger !

– Tu ne sais dire que ça : j'ai peur. Si tu ne veux pas te sauver, c'est que tu consens à ce mariage.

– Ma mère a dépensé l'argent de la dot ; si je me sauve, ils la battront à mort.

– Alors, qu'allons-nous faire ?

– Je vais l'épouser et on continuera à se voir en cachette.

– Je ne marche pas, je ne veux pas vivre toujours sur le qui-vive à me faire du mauvais sang, et qui sait combien de temps cela durera ?

– Alors, grand frère, nous allons mourir ensemble.

– Et comment ?

– En prenant du poison, j'en ai apporté.

– Non, non, petite sœur, fuyons !

– Non !

– Ah, et puis tant pis… s'il faut mourir, allons-y ! »

Le garçon éclate de rire puis se met à sangloter. Liu attrape une brique pour la lancer à l'intérieur du four et faire redescendre sur terre ces amoureux égarés, mais, craignant qu'au lieu de les faire revenir à eux son geste ne tue l'un d'eux, il la repose, arrache une poignée de terre sèche à laquelle sont mêlées des scories et la lance à l'intérieur du four. La terre s'effrite avec bruit, les pleurs s'arrêtent brusquement. Peu après, deux ombres se glissent à l'extérieur, l'une derrière l'autre…

Plusieurs années plus tard, il devait se rappeler encore cette poignée de terre. Un tel incident ne se produit pas souvent en une vie. Après le départ des deux jeunes gens, il se baisse et entre à l'intérieur du four par le trou, trouve à tâtons une natte faite de tiges de blé tressées. Elle semble encore toute tiède de la chaleur des corps des jeunes gens. Il arrange la paillasse et s'endort. Il est tout ankylosé. Quand il se réveille, la clarté rouge du soleil levant inonde déjà les parois du four. Il sort de ce lieu délabré, trouve un champ de sorgho au bord de la route et s'y faufile. Il s'assied sur ses talons et attend qu'une occasion se présente.

Quelques adultes passent sur la route. Il n'ose pas se montrer. Puis il voit arriver du village deux enfants, un garçon et une fille. La fillette tire une chèvre noire. Ils avancent vers lui en gambadant. Le garçon porte une corbeille ajourée sur le dos et tient une faucille à la main. Il chante d'une voix forte et claire tout en marchant : « Le village de Masang s'étend sur plus d'un kilomètre. Fan Xilu est l'amant de la mère de Xia, le père de Xia est un vieux bouc, lonlaire. Le bourg de Masang a un kilomètre de large. Fan Xilu a mis son bras autour des épaules de la mère de Xia. Le père de Xia est très triste, lonla. »

D'un bond il est hors du champ de sorgho. L'enfant en ravale les paroles de sa chanson grivoise et recule de quelques centimètres. La fillette pousse un cri, donne du mou au licou, la chèvre allonge le col pour brouter l'herbe jaunie sur le bord de la route.

« Alors, les enfants, on va faire paître la chèvre ?

— C'est ma sœur qui la garde, moi je coupe l'herbe.

— Nous sommes dans une société fraternelle communiste et vous continuez à faire paître la chèvre ?

— Mon père est le chef de la commune populaire.

— Oh, je vois, c'est votre chèvre ! »

Il coupe une petite feuille de sorgho encore verte et la tend à la chèvre, la bête renifle sa main avec curiosité et attrape la feuille, qu'elle mâche avec bruit.

« Et toi, qu'est-ce que tu fais ? demande le garçon.

— J'affine l'acier.

— T'aurais plutôt l'air d'un sale espion.

— Quand tu seras grand, tu feras un brave soldat et t'iras libérer Taiwan, dit-il pour chercher à se faire bien voir.

— Dring, dring, un coup de fil de Pékin ! dit la petite fille. Faut que je rejoigne l'armée, je suis encore trop petit, et quand je serai grand, Taiwan sera libérée.

— Non, on t'attendra.

— Chun, allons-y ! dit le garçon.

« – Attendez, les enfants ! dit-il, je vais vous demander des renseignements sur quelqu'un. Y aurait pas par hasard une femme très maigre dans ce village avec une petite fille tout aussi maigre qu'elle et qui serait arrivée il y a plus de deux mois ?

– J'en sais rien, répond le garçon rusé en remuant la tête.

– Moi je sais, dit la fillette.

– Chun ! lance son frère.

– La petite fille s'appelle Liyu, reprend la fillette.

– Chun, dit le garçon, tu es trop bavarde, une fois de plus ! »

Il ôte de sa blague à tabac un singe en stéatite et le tend au garçon en lui disant : « Petit frère, je suis de la Sécurité, la femme est une espionne, dis-moi où elle habite. »

L'enfant, encore indécis, accepte le singe.

« Ne dites surtout pas que je vous ai informé, recommande-t-il. Elle habite derrière les cuisines, devant sa maison il y a un creux rempli d'eau. Ma mère bavarde souvent avec elle quand elle va faire sa vaisselle. Maman nous a demandé de l'appeler "Petite Tante". »

Il retourne dans le champ de sorgho, il a repris du poil de la bête. Il voudrait avoir des ailes pour voler jusqu'au village…

Il entend à l'extérieur de la tente des piétine-
ments, on dirait ceux d'un troupeau de vaches
échappées de l'enclos. Il fait des contorsions et aperçoit des dizaines de silhouettes. Elles forment sur le
sol comme une broderie ajourée en noir et blanc.
Un petit démon tire un fil argenté scintillant au
bout duquel est attaché le grand chien noir.

Liu le bossu descend de sa couchette et sort de la
tente en traînant les savates. Sun s'avance, remor-
quant le chien, la foule émue respire fort. Quand le
fil argenté se relâche dans la main de Sun, le grand
chien noir au pelage lustré bondit, les quatre pattes
dressées en l'air, son ventre blanc brille dans un
éclair. Sun, avec agilité, fait un écart, le chien atter-
rit le ventre contre terre. Sun resserre le fil de soie,
le chien redresse la tête et crache quelques aboiements étouffés venus de ses entrailles. Le chien
gémit comme un enfant à qui l'on fait prendre un
remède amer.

« Merde, approchez à la fin, faut l'achever, le
battre à mort ! crie Sun d'une voix suraiguë.
– Allez vite chercher ce qu'il faut ! » lance Yang
Liujiu. Les hommes se dispersent en tous sens et
courent chercher des bêches en fer et des pioches,
puis reviennent tout près.

« Encerclez-le ! Encerclez-le ! crie Yang Liujiu,
merde, faudrait pas le laisser s'échapper ! »

Les hommes munis d'outils en fer peu à peu forment un cercle qui va rétrécissant. Sun relâche la tension du fil et sort du cercle. Le chien est assis par terre, le cou allongé, sa queue balaie furieusement la terre grise et la clarté de la lune. Des lueurs vertes sauvages brillent dans les yeux phosphorescents de la bête. On y lit de la souffrance. Le pelage de son dos ondule par vagues. Le cercle se resserre peu à peu. Les hommes se déplacent prudemment, personne n'ose porter le premier coup. Le chien ne cesse de gémir et leur détermination faiblit. La bête se met à trembler devant les hautes silhouettes, la rage de nouveau la pousse à bondir. Les griffes de ses pattes de devant s'enfoncent dans de la chair, labourent comme si c'était de la glaise. L'homme hurle comme un beau diable et déguerpit en se roulant au sol. Le chien se retourne et s'élance sur un autre homme. Comme il bondit en l'air, la tension du fil argenté accroché à son gosier se resserre, il se tasse au beau milieu de son envol et s'écrase lourdement sur le sol. Au même moment, une masse noire s'abat en sifflant au-dessus de sa tête, puis on entend le bruit mat de l'outil brisant le crâne. L'air s'emplit de l'odeur forte du sang. L'homme qui a été blessé gémit dans un coin. « Espèce d'abruti ! » lui lance Yang Liujiu.

Sun est accroupi à l'extérieur du cercle, comme

un petit tertre funéraire tout noir. Le fil sinueux le relie toujours au chien noir qui gît sur le sol…

Il ne pense qu'à une seule chose : se ruer vers le village, récupérer femme et enfant, amocher le petit gars au stylo accroché sur la poitrine, l'empêcher à tout jamais d'aller séduire la femme d'autrui. Un oiseau tournoie et crie au-dessus de sa tête. Il reçoit dans le cou une fiente tiède, blanche et noire. Il lève les yeux, regarde par les fentes entre les feuilles de sorgho. Ses dents broient avec fureur comme s'il voulait mâcher le crâne du volatile. L'oiseau s'envole en pépiant vers l'azur et le soleil. Dans l'air limpide il semble une balle de fusil. Liu arrache alors une feuille pour essuyer la fiente sur son cou. Sa colère s'apaise. Il fume une pipe, lace ses chaussures, serre sa ceinture. Il prend soudain conscience de sa taille amaigrie, de son ventre gonflé. Il ne sent plus la faim. Dans les champs, çà et là, on voit distinctement les gens qui travaillent. Parfaitement maître de lui, il se dirige vers les deux cheminées en brique rouge situées au beau milieu des maisons.

Un calme profond règne dans les rues. Du haut fourneau derrière le village parviennent les crépitements du feu et des cris tantôt sonores, tantôt assourdis. Comment peut-il encore y avoir des arbres en vie ? Leurs feuilles jaunies s'éparpillent ; il

voit aussi des poules et des chiens. Derrière les cheminées, il y a effectivement un large bras d'eau en
forme de coquille d'huître où poussent quelques
touffes de lys des marais. Leurs feuilles d'un jaune
délicat ploient jusque dans l'eau. Les feuilles du
cœur se dressent vertes et fermes, quelques fleurs de
lys orange en forme de cierges pointent vers le ciel.
Il observe la configuration du terrain et avance
en suivant le bras d'eau. Alors qu'il baisse la tête,
il aperçoit dans l'eau une ombre aussi maigre qu'un
singe. De voir à quel point il n'a plus forme
humaine le chagrine. L'eau est si claire qu'on voit
le fond où flotte une épaisse couche de grains de
riz, visqueux comme des œufs de grenouille. Deux
femmes d'un certain âge sortent des cuisines.

Il s'arme de courage, débouche du coin du
mur, s'avance au-devant d'elles et leur demande :
« Pardon, grandes belles-sœurs, il y a ici une femme
étrangère au pays, où habite-t-elle ? » Les deux
femmes échangent un regard. Celle des deux qui a
un visage très maigre répond en faisant non avec la
tête : « Je ne sais pas. » Elles se détournent et poursuivent leur chemin. Celle qui marche derrière
porte un chignon ; à voir la petitesse de ses pieds,
on devine qu'ils ont été bandés autrefois. Son visage
est affable. Elle se retourne vers lui, lui fait un clin
d'œil et montre avec une mimique des lèvres une

cour au portail surmonté d'une petite tourelle au nord du bras d'eau. Il comprend immédiatement et s'esquive au coin du mur. Quand les deux femmes ont disparu, il se rue vers le portail en quelques bonds et déjà il tente de l'ouvrir. Celui-ci est verrouillé, impossible d'entrer. Il mesure d'un coup d'œil le mur de la cour et constate qu'il est à hauteur d'homme. Il lève les bras, s'agrippe au faîte, se hisse, grimpe sur le mur et floc ! saute dans la cour. Il s'est à peine redressé qu'il entend dans la maison des rires d'enfant, puis ceux d'une femme. C'est comme si la lame tranchante d'un rasoir lui ouvrait la poitrine. Son corps entier baigne dans un sang noir, poisseux. Il se hâte avec peine vers la maison, il a l'impression de nager dans une eau trouble. La mince porte cède avec bruit sous la poussée de ses épaules. Il voit au premier regard celle qui a été sa femme et qui maintenant appartient à un autre. Elle joue, se roule sur le kang avec la petite fille. Il ne l'a pas revue depuis trois mois. Elle lui paraît plus belle encore. La femme reste clouée sur place un court instant, son visage ressemble à un nuage secoué par des éclairs. Il cherche du regard le petit gars dont le col s'orne de trois trombones recourbés. Personne. Il saute sur le kang, empoigne les longs cheveux de la femme. Elle se retrouve allongée à terre.

« Tu vas me suivre ! rugit-il en s'efforçant d'assourdir sa voix.

– Non, espèce de chien sauvage ! répond-elle sur un ton haineux.

– Décide-toi ou je te tue !

– Eh bien, vas-y ! Tue-moi ! »

Il entend alors des coups redoublés au portail. Il piétine la femme au ventre. La chair est si molle que ses pieds s'y enfoncent. La femme hurle de douleur et roule sous la table. Il prend un drap sur le kang, en enveloppe le bébé qui pleure et le coince sous son bras. Au moment de sortir, il attrape près du fourneau le râteau à cendres et file se poster derrière le portail. Il entend celui-ci résonner comme un tambour sous la pression des coups. Il le voit vibrer sous l'assaut. Le portail s'ouvre avec fracas. C'est le jeune homme. Le gars est vraiment beau, avec son visage très fin. Il trébuche. Liu lève le râteau et l'abat sur le visage clair. Il entend le bruit mat du coup sur la chair. Le beau jeune homme part en hurlant et en se protégeant le visage de ses mains. Dehors, il est arrêté par la foule. Il se rue en avant en agitant le râteau. Les gens s'écartent, il bondit dans l'espace ainsi libéré. Les arbres et les maisons de chaque côté penchent vers lui, tournoient…

« Liu, lève-toi, viens donner un coup de main. Quand le chien sera cuit, tu en mangeras, ou pas ? » demande Yang Liujiu.

Lai Shu accroche le chien au pilier de l'abri. Mort, il semble plus gigantesque encore, plus débordant de vitalité. Sa large queue touche le sol, on dirait un balai, ses yeux sont révulsés. Dans sa gueule il y a de la terre blanche et de la boue jaune mêlées, du sang souille les poils blancs du ventre. Sous la lampe blafarde on voit du sang, d'un rouge aussi éclatant que celui des cerises, perler goutte à goutte de la blessure qu'il a au crâne. Sun aiguise le couteau sur les bords de la jarre. Il puise de l'eau avec la louche, rince la lame. Il ouvre la bouche et saisit le dos de la lame entre ses dents, retrousse ses manches, empoigne les pattes du chien, pince les articulations, promène le couteau sur une patte et, d'un coup, la tranche. Quelques nerfs blanchâtres viennent avec, il les sectionne d'un autre coup de couteau, balance le bras et lance la patte à terre. Il avance de nouveau la main, s'empare d'une autre patte. En un clin d'œil, les quatre pattes ont été tranchées. Ainsi, la queue de la bête semble plus longue encore. La foule reste frappée de stupeur, loue un tel savoir-faire. Sun vise la gueule et ouvre l'animal en son milieu à partir du col jusqu'à l'appendice caudal. Les intestins sont remis en place et

77

maintenus par un morceau de petit bois. Puis il ôte la peau de la tête, laissant les deux yeux d'un noir d'encre, si menaçants que les spectateurs sentent comme deux souffles glacés sur leur peau. Enfin, il dépouille la peau des pattes. Le reste vient comme on ôterait un pantalon, montrant de chaque côté de l'échine les tendons et les chairs saillant, l'épine dorsale pareille à une brochette d'azeroles caramélisées…

Il court comme un fou, la poitrine si oppressée qu'il a du mal à respirer. Des poules devant lui s'envolent sur les murs, grimpent dans les arbres, caquettent, effrayées. Derrière lui c'est un brouhaha, des cris : « Arrêtez-le ! » Une fois sorti du village, il sent que la pression sur sa poitrine se relâche, son cœur lui bat les côtes comme ferait un poing. Sa gorge est en feu. Une corde le serre au cou. Il trébuche dans sa fuite sur le chemin de terre défoncé. La fillette sous son bras, enveloppée dans le drap, tousse comme un vieillard. Le drap pend lourdement. Il le relève. Il sent les coups que lui donnent les petites jambes sur les reins. La fillette sous le drap pleure d'une voix rauque.

Liman ! Il ose encore l'affirmer aujourd'hui : les pleurs de la fillette ne lui avaient pas fait de peine et pourtant ses larmes avaient coulé à flots.

La fillette a, semble-t-il, bredouillé un « Maman ! ». Ses jambes semblent paralysées, il ne peut plus faire un pas. Il hésite, indécis, quand il entend des cris tonitruants derrière lui : « Arrêtez-le ! Arrêtez cet espion ! Emparez-vous de ce marchand d'esclaves ! » Il entend aussi des cris devant lui sur la route, des gens arrivent en face, le débordent, brandissant des outils. Il jette le râteau, serre sa fille contre lui et s'enfonce la tête la première dans un champ de sorgho. Les feuilles blessent ses yeux de leurs lames tranchantes. Il avance à tâtons comme un idiot. Les tiges à demi séchées le font trébucher. Les grains pleuvent de tous côtés. Un poudroiement blanc s'envole. Tous ces bruits : bruits de pas, bruits de chocs, de respirations, battements de son propre cœur, cris des poursuivants, envols effarouchés des pigeons cendrés qui picoraient les grains, pleurs sauvages de l'enfant, tous ces bruits lui percent les tympans comme des flèches.

Il se prend les pieds dans une grosse tige et trébuche. L'enfant est projetée loin sur le sol. Le bruit de la chute a été terrible. Le bébé ne dit plus rien. Son cœur s'arrête de battre : C'est fichu ! fichu ! se dit-il, l'enfant est morte ! Elle est morte ! Du coup, il ne songe plus à fuir. Il s'agenouille et, toujours à genoux, avance en écrasant au passage les tiges de sorgho. Il écarte fébrilement le drap. Au fond de ses prunelles floues s'imprime le visage rouge et violacé de l'enfant, pareil à un kaki sous le givre. Il se frotte les yeux avec force, le brouillard qui les voilait s'estompe. Comme dans un rêve, il constate que les lèvres de l'enfant tremblent. Au coin de ses yeux perlent deux gouttes de sang qui tremblotent aussi. Liman, Liman ! Ma petite fille ! Il essuie les deux gouttes de sang de ses gros doigts malhabiles. Il sent la tiédeur du sang. Le visage de l'enfant devient livide. Ses lèvres remuent, son nez se plisse, des pleurs rauques sortent de la petite bouche grande ouverte ornée de huit dents. Autour de lui, les plants de sorgho bruissent de nouveau. Affolé, il plaque sa grosse main sur la bouche de l'enfant. Il sent le petit visage se crisper sous sa main. Il a l'estomac noué, une chose âcre remonte impétueusement dans sa gorge. Sa main, malgré lui, desserre son étreinte. Il aperçoit au travers des tiges de sorgho des jambes couleur émeraude. Alors il empoigne l'enfant et reprend sa course folle. Il n'a même pas la force d'ouvrir les yeux, ne sait pas où il va. Il court de façon désordonnée, ses jambes semblent comme mues par un ressort.

Il fait une nouvelle culbute, quelque chose a entravé sa course. Quand il ouvre les yeux pour voir où est l'enfant, il pousse un cri et sent son corps mollir comme s'il n'avait plus de squelette pour le soutenir. À ses pieds est étendu un couple nu, enlacé. L'homme est très mat, la femme a la peau blanche. Les corps ont écrasé sous leur poids les tiges de sorgho. Des bouches, des corps s'exhale une odeur pestilentielle, suffocante, de pesticide très toxique. Il se lève tout tremblant et rebrousse chemin. Comme un papillon attiré par la flamme, il tombe littéralement dans les bras de ses poursuivants. Il entend comme un grand souffle de vent au-dessus de sa tête, ses dents claquent, immédiatement après il reçoit un coup violent dans les reins, un drap se déplie tel un nuage blanc, l'enveloppe tout entier. Les tiges rouges de sorgho s'abattent ensemble contre le sol...

« Allons, Liu, lève-toi, faut faire du feu pour cuire la viande de chien. Espèce de vieux salaud ! Tu pensais t'asseoir et te mettre les pieds sous la table, hein ! »

4

Au petit matin, le chantier paraît très animé. Les ouvriers, aussi dépenaillés que des épouvantails, braillent sans retenue. Les bouches sont luisantes de graisse, les langues se délient, les bras se meuvent avec rapidité et précision, travaillent de façon efficace. Une effervescence inhabituelle règne sur le chantier. Ce sont les effets de la viande de chien. Les ventres ont bien chaud, les muscles tressaillent de l'envie de bouger, les corps, en surtension, ne parviennent pas à dépenser ce surplus d'énergie, la sueur coule. « Oh, hisse ! Oh, hisse ! » Les poitrines soufflent bruyamment. Les reflets du soleil jouent sur les épaules nues.

Sun Ba est chargé de faire chauffer le goudron, tâche qu'il a acceptée. Heureusement, car personne d'autre ne veut accomplir ce travail, préférant encore tirer le rouleau compresseur en béton afin d'échapper à la fournaise et aux exhalaisons des vapeurs du bitume. Le commandant Guo, quand il était en poste, a conféré à Sun le titre de « Grand

Capitaine des fourneaux ». Sun éprouve une atti-
rance inexplicable pour les flammes. Il aime la vue
du feu, de la fumée, il ne se lasse pas de leurs méta-
morphoses incessantes. Son cœur bondit au-dessus
des flammes. Plus le feu est violent, plus il trouve
cela excitant, émouvant, son corps le démange, un
peu comme s'il avait contracté la gale. Il ne se sent
bien que devant un feu qui le brûle. Quand il se
chauffe à un feu, quand il regarde le feu, il semble
comme perdu dans un vertige. De son visage sans
âge jaillit une curieuse expression de candeur enfan-
tine, dans ses prunelles légèrement jaunes dansent
des lueurs splendides.

Sun Ba lui-même ignore sa date de naissance.
Aussi loin qu'il remonte dans ses souvenirs, il y a
cette faim au ventre. Ensuite vinrent des années
meilleures pendant lesquelles il a pu se nourrir correctement. Il a grossi. Puis un nouveau régime de
maigre pitance était revenu et il avait de nouveau
fondu. Depuis, il n'avait cessé de maigrir. Sans être
initié par personne, il s'était essayé à voler des
chiens, des poulets. Le lièvre dédaigne l'herbe au
bord de son terrier, c'est bien connu. Les gens du
village n'étaient pas dupes, mais ils ne lui jetaient
pas la pierre. Une jeune fille boiteuse avait accepté
de se marier avec lui. Leur nuit de noces, armé d'un
fil de fer, il était allé près de la crique gelée et avait

rapporté une grosse oie toute blanche, volée Dieu sait à qui. Il l'avait plumée, vidée, l'avait mise à cuire. Ils l'avaient mangée à eux deux cette nuit-là, avec un bol d'ail pilé en purée. Peu de temps après, la femme était tombée enceinte et avait accouché à terme d'une fille. À la naissance, le bébé avait déjà deux dents.

Le goudron commence à fondre, le bruit des bouillons se fait de plus en plus fort. Des flots de vapeur blanche s'agitent dans l'ustensile, avant de monter en vagues continues. Sun remue le contenu du chaudron avec un long crochet en fer. Le goudron qui s'est coagulé se disloque. Le feu jaune diminue un peu d'intensité. Le bruit s'arrête un instant. Des volutes plus épaisses s'élèvent, auxquelles se mêlent des étincelles grosses comme des pois qui heurtent le chaudron en crépitant. Peu après cette brève émission de fumée, le feu jaillit avec un bruit sourd de canonnade et lèche le pourtour de l'ustensile. Les gaz issus de la combustion forment un tourbillon qui tourne au-dessus du goudron, les langues de feu claquent comme des étendards dans le vent, vagues après vagues elles se rassemblent dans une même crépitation. Sun reste debout, appuyé sur son crochet, penché en avant. Un sourire découvre ses dents, son visage a la solennité somptueuse de l'or.

Les explosions du feu attirent le regard de Yang

Liujiu. Il observe de loin avec respect et admiration le héros du jour, le voleur de chien. Il ne peut s'empêcher de crier : « Sun Ba, t'es un homme ! »

« Sun Ba, ça c'est un homme ! » reprennent en chœur les ouvriers qui tirent le rouleau compresseur.

Les éloges pleuvent. Sun Ba contemple le feu, la fumée, en souriant. Le feu, la fumée sont pour lui des corps pleins de vie, dotés d'intelligence, ils lui parlent, communiquent avec lui, font claquer leur langue, minaudent. Les langues de feu sont des chevaux rouges, des bœufs jaunes. La fumée est la queue des bœufs, la crinière des chevaux, elle fouette l'air en tous sens, égratigne l'univers léger et limpide. Le feu le fait surtout penser à un grand chien, vigoureux, enragé, courageux.

Si, la veille au soir, le chien ne l'avait pas mordu à la jambe, il n'aurait pas eu le courage de le supprimer. Un tel molosse, ça ne se rencontre pas tous les jours ! Lorsqu'il l'avait eu au bout de l'hameçon, il avait bien failli le relâcher. Mais la bête l'avait mordu et c'est ce qui l'avait décidé. Lorsqu'il était sorti des cuisines, il avait escaladé la digue sans même se retourner, avait franchi le pont de pierre si blanc sous la lune qu'on aurait dit un cheval. Il avait fourré les deux beignets qui restaient dans la poche de son pantalon, palpé le paquet enveloppé

86

de papier huilé glissé dans sa ceinture. Il s'était redressé, avait marché en direction de Masang. À l'entrée du village, il avait vu effectivement, à l'ouest, la chaumière isolée avec ses trois pièces. Il entendait résonner, léger, son propre pas derrière lui. L'impatience le brûlait : cela faisait plusieurs années qu'il n'avait pas refait ce genre de coup. Il se sentait l'esprit un peu vide. Il avait contourné la maison et s'était placé devant la façade principale. Elle était plongée dans l'obscurité. La lune toute blanche éclairait faiblement les fenêtres, sur le mur en terre une lumière jaune brillait vaguement. Il s'était accroupi au pied du mur à l'extérieur de la petite cour et s'était approché pas à pas du portail d'entrée. Il était sûr de n'avoir fait aucun bruit, pourtant le chien noir avait été alerté. Ses griffes grattaient avec bruit le portail. Les aboiements grondaient, profonds comme des roulements de tambour. Des aboiements plus aigus, plus chétifs, s'étaient élevés à leur tour du village. Il ne comprenait pas pourquoi, partout où il allait, il se faisait mordre par un chien. Depuis plusieurs années il n'avait pas touché de chien, aurait-il encore sur lui leur odeur ? Peut-être avait-il trop mangé de viande de chien autrefois et l'odeur avait pu s'infiltrer jusque dans ses os. Le chien noir ne cessait d'aboyer avec rage, il rugissait comme un tigre. Mais il était fin prêt. Il avait coupé un beignet en deux, avait lancé une des moitiés dans la cour. Le chien s'était rué dessus. Pendant que le chien mangeait, il avait attrapé le sac plastique, l'avait ouvert et avait déroulé un fil de nylon fin et brillant. À l'extrémité du fil était accroché un gros hameçon pourvu d'ardillons. Il avait enfilé l'autre beignet sur l'hameçon. Le chien s'était précipité vers lui en gémissant gentiment pour en demander encore. Il avait lancé la dernière moitié, le chien avait suivi tout content la trajectoire lumineuse et dorée tracée par le beignet. Il avait avancé la main vers le portail, priant le ciel qu'il ne fût pas cadenassé. Il avait ôté l'anneau en fer, poussé doucement la porte rustique posée de guingois, laissant une fente juste assez grande pour que le chien pût passer. Il avait reculé de cinq pas et attendu devant l'ouverture. Le chien, avec superbe, avait effectivement passé sa tête énorme par la fente. Il avait lancé avec précision le beignet enfilé sur l'hameçon sous la tête du chien. Celui-ci, ravi, avait avalé le beignet. Il avait semblé se délecter, tout en remuant sans cesse la tête. Lui n'avait pas bougé, attendant que le chien allongeât le cou. Le chien avait toussé deux fois, alors il avait tiré avec force sur le fil de nylon qu'il tenait à la main. Le fil avait plus de cinq mètres de long. À l'autre extrémité était un petit morceau de bois tout lisse.

Il l'avait empoigné. Le fil avait glissé entre l'index et le majeur. Il avait éprouvé la tension terrible de ce fil pourtant si fin. Il avait ressenti une sourde angoisse. Il s'était consolé en se disant que le fil ne risquait pas de se rompre puisqu'il pouvait supporter le poids d'un seau rempli d'eau. Du plus profond du gosier du chien était monté comme le hurlement d'un loup, il avait donné un coup sec sur le fil de nylon. Le chien immédiatement était devenu muet. Il levait et abaissait la tête, la tournait à droite puis à gauche, on aurait dit qu'il voulait se débarrasser de sa langue. Sun avait ri, méprisant. L'hameçon caché dans le beignet avait deux dents acérées. Une fois ancré dans la chair, il ne pouvait plus se décrocher. Combien de chiens s'étaient laissé prendre ainsi par gourmandise pour finir bêtement dans l'estomac des humains, pour voir leur peau vendue, leurs os devenus de la colle après avoir été cuits et recuits.

C'était vrai pour les gros chiens comme pour les petits. Une fois, une seule, en désespoir de cause, il avait capturé une petite chienne qui n'avait pas encore atteint la taille adulte. La viande était flasque, il n'y avait pratiquement rien à manger, la peau était plus fine que le papier qui sert à obstruer les fenêtres et qu'on ne peut toucher sans faire un trou dedans. Après cette capture il s'était senti dégoûté pendant plusieurs jours. Sa conscience le travaillait, c'était un peu comme s'il avait trompé un gamin. Par la suite, il n'avait plus capturé que de grands chiens bien bâtis, mais aucun n'avait la prestance de celui-ci. Ce chien était élégant, souverain et ses aboiements avaient la profondeur du son des cloches de bronze…

Un soleil radieux illumine le chantier. Les hommes tirent le rouleau pour aplanir la surface de la route. Leur dos est arc-bouté, souple et résistant. La corde derrière eux est tendue et vibre comme celle d'un arc. Yang Liujiu, en tête, lance un « Oh, hisse ! » qui sonne comme un lourd soupir qui n'en finit plus.

Le chien dans l'ouverture du portail agitait la tête et la queue. Il rugissait de colère, le poil hérissé. Ses yeux lançaient des lueurs vertes. Il avait serré le fil de nylon et donné un coup sec. Le cou du chien s'était redressé. La gueule de la bête, telle celle d'un canon, était tournée vers sa main. Il avait tiré, tiré encore, le chien n'avait bougé qu'à contrecœur. C'était comme s'il avait tenu un énorme poisson au bout d'une frêle canne à pêche. Il avait tiré le grand chien noir avec un sourire niais, guettant dans les yeux marqués d'une fureur inextinguible le moment où la souffrance deviendrait insupportable. Les yeux du chien étaient si pleins de lueurs sauvages qu'ils en lançaient des éclairs bleutés, sur ses crocs courait une lueur glacée. Il avait senti comme un rayon du froid clair de lune le pénétrer jusqu'aux os. Les doigts de la main qui tiraient le fil étaient crispés ; dans son esprit embrumé était né un sentiment indéfinissable, un mauvais pressentiment. Il gardait la main levée malgré les crampes, n'osait pas relâcher la tension. Il avait progressé à reculons, tirant la bête après lui ! Il avait repensé aux chiens qu'il avait capturés auparavant. Lorsqu'ils avalaient l'hameçon, ils se laissaient entraîner, aussi dociles que des moutons, si bien que les passants, de loin, pouvaient penser qu'il s'agissait d'un maître et de son chien en promenade. Mais il sentait dans son dos un souffle glacé le pénétrer jusqu'à la moelle. Cette fois, il n'avait pas osé tourner le dos au chien noir et marcher normalement. Le bras levé, il tirait le fil de nylon, obligeant le chien à garder la tête penchée de côté, tordue vers le ciel. Il n'avait plus osé regarder l'animal dans les yeux. Terrorisé, il avait repris à reculons le même chemin qu'à l'aller. Le chien suivait pas à pas, imperturbable. Son talon s'était pris dans quelque chose et la tension du fil s'était relâchée. Le chien avait de nouveau la tête droite. Il avait vu, l'espace d'un éclair, briller dans les yeux de la bête des lueurs bleutées. Le chien, tel un gros poisson noir bondissant, hors de l'eau, avait glissé jusqu'à lui. S'il ne l'avait pas esquivée d'un bond agile, la bête l'aurait probablement terrassé...

Tout en remuant le goudron, il ressent la peur après coup. La marmite est à moitié pleine de poix liquide en ébullition et, pour l'autre moitié, de morceaux qui surnagent. Le feu et la fumée crépitent. S'il ne s'était pas esquivé avec agilité, la sale bête l'aurait plaqué au sol. Et ce ne serait pas la compagnie qui se serait régalée de viande de chien, mais lui qui aurait servi de pâture à l'animal. Il fait souvent ce rêve : il est mis en pièces par une meute de chiens sauvages. Ses viscères sont répandus sur le sol et ses intestins bleus sont traînés sur une longue distance.

Il revit l'attaque du chien. Malgré son agilité pour les esquiver, les griffes acérées ont effleuré sa joue qui est un peu endolorie. Quand le chien est retombé sur le sol, il a tiré à temps le fil de nylon et a levé le bras avec énergie. Il voit les pattes avant de la bête quitter le sol, battre l'air comme si elles applaudissaient. Pour se venger des griffures faites sur sa joue, il serre plus fortement le fil. À la lueur de la lune qui éclaire en plein la gueule de l'animal, il croit apercevoir le gros hameçon accroché profondément au gosier. L'œsophage du chien est arqué comme un croissant de lune. La gorge est pleine de sang. Il sait que la bête éprouve certainement de terribles haut-le-cœur. Du jus de caillé de soja et les morceaux de beignets remuent dans son estomac. Le chien n'arrive pas à roter, bien qu'il s'efforce de ployer les reins, de rentrer le cou. La gorge enflée, ensanglantée, il étouffe. Il ne peut roter. La seule chose qu'il puisse faire, c'est d'émettre des pets acides immédiatement suivis par de la diarrhée. Son odorat malmené par les vapeurs de goudron perçoit cependant l'odeur nauséabonde de la merde de chien. Il sait que la bête déclare forfait mais il n'ose pas relâcher son attention. Il continue de marcher à reculons, le bras haut levé pour forcer le chien noir à garder la gueule ouverte vers la lune. Il repense à sa dextérité pour capturer les chiens à l'hameçon et se sent fier de son activité. Les chiens qu'il a attrapés jusque-là forment une longue chaîne. Il a toujours pris cela pour un jeu, un divertissement, mais cette fois il se sent fourbu, vanné, comme un vieux comédien qui monte sur les planches pour la dernière fois. À cette image, en proie à une douce mélancolie pareille à celle de l'arrière-saison, il relâche la tension du fil. Le chien en profite pour bondir. Le chien a compris cette vérité : pour sortir de ce mauvais pas, il lui faut s'efforcer de jouer de vitesse. Il voit rouge, attaque plusieurs fois de suite pour l'empêcher de tirer sur le fil de nylon. Sun esquive les assauts de la bête, sautant tantôt à droite, tantôt à gauche, ses pieds et ses mains alertes s'efforcent de suivre la cadence folle du chien. Il halète. Il sent à tout moment des serrements au cœur. Il voit alors passer comme un éclair dans sa tête le spectacle de ses entrailles répandues à terre, offertes en pâture aux chiens sauvages. Le chien progresse par bonds, sans bruit, avec des gestes racés. Sun est partagé entre la peur et l'admiration. Il comprend soudain que Yang Liujiu s'est servi de lui : c'est pour Bai Qiaomai que Yang l'a poussé à exciter cet animal diabolique. Sun espère entendre la bête gémir comme on fait lorsqu'on a mal aux dents, car alors le chien se rendrait. Les gémissements sont, il le sait, le signe que la bête mollit, abandonne la partie. Mais le chien ne bronche pas, ses bonds se succèdent. Dès qu'il sent que le fil accroché à son gosier se tend quelque peu, il bondit. Sous la lumière ruisselante de la lune, son pelage lustré brille comme du goudron en fusion. Des visions bizarres surgissent des yeux de Sun : une lune vert clair, un monde jaune pâle. La courbe superbe dessinée par ce corps semblable à celui d'une loche lui donne des regrets sans fin. Il sait qu'il est tombé dans la machination montée par Yang Liujiu. Le chien est infiniment rusé : sa supériorité sur les

94

autres chiens tient à ce qu'il attaque sans cesse pour tromper la souffrance qu'il ressent. La haine de l'homme lui donne courage et intrépidité. C'est un crime que d'avoir capturé une telle bête à l'hameçon. Il en arrive à vouloir jeter le fil de nylon, tourner les talons et prendre la fuite. Mais il sait qu'il n'aura pas le courage d'accomplir ces gestes. Ses deux jambes ne valent pas les quatre pattes du chien. À peine se sera-t-il détourné que le chien aura vite fait de lui broyer la nuque d'un coup de mâchoires. L'animal dressé sur ses deux pattes est plus grand que lui. Affolé, il fait un brusque écart pour éviter l'assaut. Sa main qui tient le fil est moite et poisseuse, la sueur semble suinter du plus profond de ses os. La fatigue et la peur le gagnent jusqu'à la moelle.

Lui : « Le chien, on va faire ami-ami, je vais te relâcher et t'aider à décrocher cet hameçon. »

Le chien : « Non, sale canaille, voleur, ange exterminateur des chiens, tu as détruit bon nombre de représentants de la gent canine, tu ne t'en tireras pas à si bon compte ! »

Lui : « Tu es le roi des chiens, mais tu ne me fais pas peur. Et ce n'est pas la peur qui me pousse à te relâcher, c'est que je vois en toi un héros, tout chien que tu es. Cela me fendrait le cœur de devoir t'achever. L'estomac dégoûtant des ouvriers du chantier n'est pas digne d'être ta dernière demeure. Je verrais bien pour toi un cercueil en bois de cèdre, laqué d'une bonne épaisseur d'huile d'aleurite et capitonné de satin jaune. »

Le chien : « Enculé de ta mère, tout ça c'est des belles paroles. Mon ventre est empli de sang chaud, de sang fétide. Ce sang me lie à mes ancêtres qui ont été asservis par les tiens. Nous avons été dupés pendant des générations entières, il faut en finir avec ces jours maudits. Vous vous êtes emplis la panse à nos dépens des milliers et des milliers de fois, voilà le moment de vous rendre la monnaie de votre pièce, espèces d'enculés que vous êtes ! »

Lui : « Le chien, je te le répète, tu ne me fais pas peur. J'ai vraiment envie de te relâcher. »

Le chien : « Salaud ! C'est trop tard. Maintenant, entre nous, c'est sans pitié, et si le poisson meurt, le filet sera déchiré ! »

Lui : « Le chien, calme-toi, n'agis pas sur un coup de tête. J'aimerais tant que tu prennes le temps de réfléchir ! »

Le chien reste silencieux, comme perdu dans ses pensées.

Il se rappelle avoir fait un pas en avant en direction de la bête. Il était dans un état second. Son cœur en cet instant était empli d'un sentiment aussi doux que de la ouate. C'est pendant ce bref moment d'égarement que le chien l'avait attaqué, prompt comme l'éclair. Sun avait fait un brusque saut de côté, s'était emmêlé les jambes et était tombé à plat ventre par terre. La gueule glacée du chien avait touché son pantalon. Il avait ressenti une douleur aiguë, comme si plusieurs aiguilles le piquaient. La douleur s'était propagée dans les vertèbres jusqu'à la pointe de ses cheveux. Il avait fait une roulade désordonnée, le fil de nylon s'était pris dans sa jambe, ce qui avait eu pour effet de plaquer la gueule du chien au sol. C'est ce qui l'avait sauvé. Le chien avait les deux pattes avant collées à terre, les deux pattes arrière tendues, en appui. Sa queue balayait la poussière furieusement. Il avait senti de minces filets chauds couler sur sa fesse. Le chien l'avait mordu, mais sa façon de se défendre avait eu raison de la bête. Depuis le début, quand il tirait le fil de nylon, il redoutait plus que tout de le voir se rompre. Pendant cet instant de panique, la tension des mouvements de sa jambe sur le fil avait failli arracher le cartilage du gosier du chien. La douleur qui l'ébranlait avait dompté cette bête féroce. Elle restait allongée, jetant parfois un coup d'œil en direction des étoiles, ces yeux de poissons morts au-delà du dais lumineux du ciel. Les pattes arrière du chien s'étaient rétractées doucement, la bête tremblait de tout son corps. De la gueule de l'animal s'était exhalée une odeur fétide de sang, puis quelques plaintes, comme s'il demandait grâce.

Lui : « Le chien, tu es vaincu. »

Le chien : « Animal ! Si tu as du courage, relâche ce maudit fil ! »

Quand le chien avait fermé les yeux à demi, lui avait ressenti une grande lassitude et avait pensé tout naturellement à sa femme, à son gosse…

Lai Shu, aidé d'un ouvrier, déverse un panier de pierrailles sur la plaque de fer qui résonne sourdement.

« Chef Yang, dit-il, pendant l'absence du commandant, faut nous laisser quartier libre, c'est idiot de travailler comme ça !

— Au boulot ! dit Yang Liujiu. Travailler sur ce chantier, c'est accumuler des mérites pour l'au-delà.

— Détrousser des cadavres, profaner les tombes, voilà ce qui est méritoire », réplique Lai Shu en clignant des yeux.

Sun reste appuyé sur le tisonnier sans piper mot, il regarde, fasciné, le feu et la fumée. Il repense à sa femme et à son enfant. Faut que je profite de l'absence du commandant Guo pour faire un tour à la maison, se dit-il. Ma femme est sur le point d'accoucher. Hier, il a été convenu que la peau du chien serait pour moi. La peau est accrochée sur la cheminée, derrière la cuisine. Elle est recouverte d'une natte mais elle attire pourtant des nuées de mouches. Elle sera à moitié sèche demain; avec la chaleur de la cheminée, celle du soleil, elle séchera vite. Je partirai demain, à la nuit. J'irai à une foire un peu éloignée d'ici et vendrai la peau. Cela me permettra d'acheter ce qu'il faudra à ma femme après l'accouchement, papier, tissu. Si c'est un fils, faudra que je me range, plus question d'attraper des chiens, ça non, promis juré…

Profitant de ce que tout le monde est affairé, Sun Ba se glisse derrière les cuisines pour contempler la peau du chien. Elle est bien plus grande que la cheminée. La tête est tournée vers le haut, la queue vers le bas, la peau enveloppe la cheminée carrée en brique rouge. Il caresse le poil, en sent l'élasticité. Le poil luit comme s'il avait été frotté à la cire. Malheureusement, on est en été et il n'est pas très fourni. Malgré tout, c'est une grande et belle peau. On lui en donnera bien dix yuans. Il dépense tout ce qu'il gagne. Impossible de mettre un sou de côté. Qui a jamais vu un voleur devenir un richard? Si ce n'était la crainte d'éveiller des soupçons, on n'aurait pas dû enterrer les os du chien. On aurait pu les vendre pour des os de tigre. L'escroquerie aurait pu rapporter suffisamment. Des mouches bleues volent autour de la cheminée. Elles sont énormes, aussi grosses que des abeilles. Il recouvre correctement la peau avec la natte. Pour l'empêcher de glisser vers le bas, il la maintient avec un morceau de bois. Si la peau n'est pas sèche aujourd'hui, elle le sera demain. Il faut filer pendant l'absence du commandant Guo. La pensée de sa femme qui va accoucher le chagrine. Il a des renvois acides et nauséabonds de viande de chien, il en savoure longuement le goût et retourne, en martelant le sol de ses pieds, jusqu'au chaudron de goudron.

Quand Bai Qiaomai apparaît sur la digue, il entend un cri aigu, désespéré, courir sur sa colonne vertébrale, se propager sur tout son corps. Les ouvriers, la tête basse, travaillent avec acharnement sans oser lever les yeux. Yang Liujiu prend un air tout ce qu'il y a de plus officiel, balaie tout le monde du regard et voit l'expression des hommes : on dirait des primates en train de déterrer des racines. « Monte le feu le plus fort possible ! » ordonne-t-il tout bas à Sun. Puis il lance : « Allez, du courage, mes frères, le président Mao nous l'a enseigné : les communes populaires doivent construire les routes. » Il s'avance vers Bai Qiaomai et demande sur un ton dégagé : « Grande belle-sœur Bai, vous n'apportez pas de caillé de soja ? »

Bai Qiaomai est habillée à la diable. Sur le parement de sa veste, elle a boutonné le vendredi avec le dimanche. Un pan du vêtement pendouille plus bas que l'autre. Une bande de tissu est repliée autour du ventre, dont on aperçoit la peau à l'endroit où la veste est boutonnée de travers. Elle a les yeux écarquillés par la colère, le cou raide, on dirait un cheval enragé. Elle arrive comme un tourbillon devant Yang Liujiu ; sans dire un mot, elle lève la main et lui laboure le visage, lui arrache la peau, qu'il a pourtant épaisse [1], comme on arrache des journaux muraux. Quatre ou cinq balafres blanches apparaissent sur le visage de Yang Liujiu. Elle revient à la charge, le nombre des balafres double. Elle ne peut continuer car Yang Liujiu a battu en retraite tandis qu'elle s'avance toutes griffes dehors.

Yang Liujiu recule jusqu'au chaudron en hurlant : « Espèce de folle, qu'est-ce qui te prend ?

– Rends-moi mon chien !

– En quel honneur tu viens le réclamer ici ? » Il touche son visage, sa main est couverte d'un sang violacé. « Furie, salope, c'est comme ça que tu me remercies pour avoir garanti la vente de ton caillé de soja ces deux dernières semaines !

– Garde tes boniments et rends-moi mon chien !

---

1. En chinois, « avoir la peau épaisse » signifie « être sans vergogne ».

– Comment ça ton chien ? Il ne monte donc pas la garde dans la cour ?

– Personne au village n'oserait toucher à mon chien. Ça ne peut être que le fait de voleurs de votre espèce ! Maudits rééduqués [1], un tour aussi pendable ne peut venir que de vous !

– Comme si je savais ce qu'est devenu ton chien !

– Tu as arraché un morceau de terre sur mon mur, en fait c'était pour comploter contre mon chien !

– Non, c'est parce que je suis amoureux de toi !

– Je t'en fiche ! Comment t'y es-tu pris pour tuer mon chien ? Le sol entier était couvert de ses empreintes. Espèce de tête de ragoût de mouton qui mérite mille morts, je vais te faire frire comme une crevette, je vais te cribler de balles et te transformer en passoire, je te ferai exploser la cervelle dans la machine à souffler le riz, espèce de sale bâtard plein de pus et de furoncles des pieds à la tête, pourri dans la chair comme dans l'âme ! Tu as volé mon chien mais tu ne l'emporteras pas au paradis ! Quand le commandant Guo sera de retour, je suis prête à cou-

---

1. Après la campagne anti-droitistes de 1957, les citoyens incriminés ont été envoyés en camp de rééducation par le travail ; cette pratique s'est poursuivie pendant la révolution culturelle. Les réhabilitations n'ont eu lieu qu'en 1979.

cher deux nuits avec lui si nécessaire pour obtenir de lui qu'il t'arrache ta coquille verte d'œuf pourri de canard !

– Grande belle-sœur, dit Yang Liujiu en riant, vous avez l'injure plaisante. Qu'est-ce qui vous fait dire que j'ai volé votre chien ?

– Depuis la digue j'ai senti une odeur fétide de chien qui venait de votre repaire.

– Ça sentait l'huile brûlée », dit Yang.

À ces mots, Sun s'empare du tisonnier pour activer le feu qui s'élance avec violence jusqu'au ciel. Une odeur âcre de roussi monte par vagues et vient se coller aux visages.

Bai Qiaomai recule de quelques pas en se bouchant le nez. « Ce n'était pas de l'huile, je vais fouiller.

– Faites donc ! » dit Yang Liujiu, très à l'aise.

Pour un peu, Sun en attraperait la jaunisse. Il se tortille : « Chef Yang, dit-il, surveillez un moment le chaudron à ma place, je vais aux cabinets.

– Va ! » dit Yang Liujiu.

Sun part comme une flèche vers les cuisines. Déjà Bai Qiaomai a compris et se dépêche derrière lui.

« Ça va pas, non, dit Sun, je vais pisser, tu ne vas tout de même pas me suivre !

– À d'autres ! Je sais, moi, quel genre d'eau tu vas lâcher ! réplique Bai Qiaomai.

– Alors je vais pas pisser, dit Sun.

– C'est ça, retiens-toi ! Moi je vais faire mon tour d'inspection !

– Grande belle-sœur, voyons ! Grande belle-sœur ! » crie Yang Liujiu.

Mais Bai Qiaomai, d'un pas martial, se dirige vers l'abri-dortoir. Yang Liujiu la suit, il est dans tous ses états. Bai Qiaomai, tout en reniflant, se dirige droit vers la cheminée des cuisines. Yang Liujiu lui barre le chemin et dit sur un ton badin : « Grande belle-sœur, si c'est l'argent qui vous manque, suffit de le dire. N'allez pas chercher je ne sais quel prétexte pour nous faire du chantage. »

Bai Qiaomai entre dans les cuisines et fouille la pièce du regard. Liu le bossu se redresse sur sa couchette, puis reprend sa position initiale. « Le vieux, où est mon chien ? » Le petit chien borgne lance quelques jappements dans sa direction. Elle jette un regard sur le pilier de l'abri, pousse un cri et, comme tirée brutalement d'un rêve, elle court derrière la tente, donne un coup de pied dans le morceau de bois, écarte la natte et voit le spectacle macabre de la grande peau du chien accrochée là.

Elle se met à pleurer : « Mon chien ! » Des larmes coulent à flots du coin de ses yeux et roulent sur ses joues toutes roses. « Tu paieras pour le chien, Yang Liujiu ! » Elle bondit sur lui toutes griffes dehors, lui déchire la peau, le frappe, le mord. Le visage de Yang Liujiu est en marmelade.

Alors la moutarde lui monte au nez, il l'empoigne par le bras et le lui tord. Elle se retrouve de dos, malgré elle. Il élève son genou et relâche l'étreinte de sa main. Bai Qiaomai tombe la tête la première contre la peau de chien.

« Salope ! Ce serait ton chien ? Eh bien, appelle-le ! On va voir s'il te répond ! Comme s'il n'y avait qu'un seul chien noir sur la terre ! » Il fait demi-tour et entre dans la cuisine. Bai Qiaomai le suit mais n'entre pas. Elle reste sur le seuil à pleurer et à tempêter. Ses cris ébranlent l'air alentour. Ses injures sont si savoureuses que les ouvriers, tout oreilles, retiennent la leçon, la main suspendue sur l'ouvrage. Yang Liujiu est assis sur la couche de Liu le bossu. Ses yeux lancent des éclairs sauvages. Sur son visage, le sang luit. Bai Qiaomai n'est pas entrée, elle a repris le chemin de la digue. Ses injures se font plus rares et ses pleurs plus intenses. Les ouvriers, comme un seul homme, gardent tous la tête baissée.

Bai Qiaomai reste debout sur la digue, partagée entre des sentiments complexes. Elle a la gorge fatiguée. Elle se retourne pour regarder les fumées et les feux du chantier. Une multitude de silhouettes noires se tortillent gauchement. Elle repense soudain au grand chien noir. Pleine de ressentiment, une inspiration lui vient. Toutes voiles dehors, elle se rue vers le chantier. Près de la plaque de fer, elle s'empare d'un balai en bambou déplumé. Elle repousse Sun sur le côté et plonge le balai dans le goudron en ébullition. Le goudron coule sur la tête du balai. Sun la regarde, médusé, se demandant bien ce qu'elle va inventer. Il reste à l'écart, n'ose pas s'approcher. Bai Qiaomai plonge le balai dans le petit fourneau. La tête prend feu, se met à crépiter. Elle l'élève en position inclinée, le balai brûle en grésillant comme une torche. Sans dire un mot, elle avance en sautillant vers l'abri servant de dortoir aux ouvriers et fourre la boule de feu dans les roseaux. Les ouvriers restent plantés là comme des poteaux sans réagir. Quand les nattes de roseau se mettent à brûler et à crépiter, quelqu'un finit par crier : « Au feu ! » Alors, tout le monde sort de sa torpeur, on appelle en chœur Yang Liujiu. Bai Qiaomai, qui tient toujours le balai à la main, braille d'une voix tremblante : « Je vais vous griller vifs, espèces de porcs, c'est tout ce que vous méri-tez ! » Le feu lui brûle les mains. Elle jette le balai, fait quelques pas en courant puis s'assoit par terre et regarde, hébétée, le feu qui a pris sous l'abri.

Des ouvriers arrivent des cuisines avec des seaux d'eau qu'ils déversent sur l'incendie. Le feu s'assombrit puis reprend, quelques seaux d'eau supplémentaires en viennent définitivement à bout. Les flammes ont fait un gros trou dans le toit en roseaux, des bords noircis du trou s'exhale une fumée blanche. On verse encore de l'eau. La fumée s'arrête. Quelques ouvriers entrent en courant dans la tente pour en retirer les couvertures. Ils crient à qui mieux mieux.

Les ouvriers entourent Bai Qiaomai. Certains avancent déjà un pied pour la frapper. Voyant que les autres restent debout sans bouger, ils ramènent leur pied. Ceux qui d'habitude ont l'insulte facile ne disent rien non plus. Tout le monde regarde la femme.

« Qu'est-ce que vous avez à la regarder comme ça ? C'est pas la déesse Guanyin. Allez, au travail et vite ! » Yang Liujiu tire de son vêtement quelques billets tout froissés et les jette devant Bai Qiaomai. Quelques ouvriers s'en vont, d'autres fouillent leurs poches à la recherche de petits billets ou de menue monnaie qu'ils posent devant Bai Qiaomai. Lai Shu hésite, la main crispée sur une pièce d'un centime. Yang Liujiu lui dit avec mépris : « Fous le camp, et si tu as peur de la perdre, accroche la pièce à ton cou ! » Lai Shu remet la pièce dans sa poche et fait quelques pas. Il se retourne et dit : « Oh, et puis merde, Yang Liujiu, pas la peine de prendre tes grands airs ! Moi, j'ai de l'argent. J'en aurai plus dans quelques jours. »

Bai Qiaomai n'a pas ramassé l'argent. Une expression amère sur le visage, elle demande calmement : « Comment l'as-tu tué ? Comment as-tu réussi à le tuer ?

– Ce n'est pas moi, répond Yang Liujiu, j'en suis pas capable !

– C'est moi, grande belle-sœur, c'est moi qui l'ai tué », avoue Sun.

Bai Qiaomai fait non avec la tête.

« Grande belle-sœur, reprend Sun, l'habit ne fait pas le moine. La mer ne peut se mesurer avec un boisseau. Il m'a juste fallu un beignet enfilé sur un hameçon pour le traîner jusqu'ici comme j'aurais tiré un agneau. »

Le visage de Bai Qiaomai se crispe.

« Ainsi, c'est ton œuvre ? Tu l'as attrapé à l'hameçon ? Tu es de taille à te mesurer avec lui ! Comment as-tu fait pour l'attraper ? Quelle idiote j'ai fait ! Quand j'ai entendu le chien mordre, je n'ai pas pensé à un hameçon. Mon pauvre chien !... »

Le visage de Bai Qiaomai prend à nouveau une expression de colère. D'un bond elle est sur Sun et l'empoigne par les cheveux. Elle les triture comme si c'était de la pâte. Sun hurle comme un beau diable, se lamente de douleur. Comme Yang Liujiu fait mine d'approcher pour venir au secours de Sun, Bai Qiaomai enfonce ses ongles pointus dans l'œil de Sun et lance : « Ose un peu, approche voir, et je lui arrache l'œil ! »

Yang Liujiu n'ose plus bouger.

« Combien veux-tu pour le chien, dis voir un prix !

— Je ne veux pas d'argent, je veux que tu ressuscites mon chien ! Avance, animal, dit-elle en enfonçant son doigt dans l'œil de Sun, tu vas me faire office de chien ! »

Bai Qiaomai repart, traînant Sun qu'elle a fait prisonnier.

« Chef Yang, grand frère Yang, viens à mon secours ! » hurle Sun, coincé sous l'aisselle de Bai Qiaomai.

5

La veille au soir, quand Yang Liujiu lui avait demandé d'aller enterrer les os du chien, il avait ronchonné dans sa barbe.

« Pourquoi moi ?

— Parce que tu t'es bagarré avec Sun, avait répondu Yang Liujiu, et que vous avez réveillé tout le monde. Sun s'est distingué en capturant le chien, va enterrer les os pour te racheter.

— Ouais, mais s'il n'y avait pas eu cette dispute, vous auriez pu manger de la viande de chien, par hasard ? En voilà un chef de pacotille ! avait protesté Lai Shu.

— Ça suffit, espèce de pilier de tripot ! » avait intimé Yang Liujiu.

Lai Shu avait ramassé les os et les avait lancés dans un seau. Quand le seau avait été plein, il l'avait porté à l'extérieur du baraquement sous la lumière de la lune, non loin du chantier, puis était allé chercher son petit louchet. Le seau dans une main, la bêche dans l'autre, il jurait et pestait à chaque pas.

Après la capture de Sun par Bai Qiaomai, Yang Liujiu avait demandé à Lai Shu de faire chauffer le goudron. Ce dernier avait refait les gestes de Sun, avait tisonné le petit fourneau ; les flammes, comme il s'y attendait, avaient grondé. À l'origine, pour rien au monde il n'aurait voulu faire ce travail, mais comme ce qui lui était arrivé le transportait de joie, il voulait en fin de compte s'imposer des mortifications. À peine Yang Liujiu avait-il prononcé ces mots qu'il s'était mis à œuvrer près du chaudron de goudron.

Il est reconnaissant à Yang Liujiu et à Sun qui ont précipité sa chance. Il arrive que la chance vienne subrepticement, se dit-il, impossible d'y échapper, et quand bien même vous vous terreriez dans un trou, elle vous y poursuivrait. S'il n'avait pas joué aux cartes avec Sun, la bagarre n'aurait pas eu lieu et Yang Liujiu n'aurait pas été dérangé. On n'aurait donc pas capturé le chien… Si le chien n'avait pas été mangé, il n'aurait pas eu à creuser cette fosse pour enterrer ces os… Ces événements ont été précipités par la chance, sinon pourquoi serait-il allé creuser à cet endroit spécialement ? S'il avait creusé quelques centimètres plus loin, un millimètre plus loin, un chouïa plus loin, la lame de la bêche n'aurait pas heurté l'amphore. Il n'y aurait pas eu ce bruit et il n'aurait pas baissé la tête pour regarder de quoi il retournait... Il se le dit, se le redit : tout cela est le fruit de la chance, cette chance qui tourne autour de lui comme ferait une mouche, impossible de la chasser. En repensant à ce qui s'est passé la nuit dernière, il ressent de la peur après coup ; pendant un bref instant, il avait été submergé de bonheur...

Il est en train de creuser le trou. Il entend le bruit sonore du fer de la bêche qui glisse sur quelque chose. Comme il se penche pour regarder, il a un renvoi de viande de chien, accompagné d'un souffle fétide, et c'est alors qu'il aperçoit un peu d'émail noir briller sur les parois du trou. Il gratte la terre avec le louchet et entend de nouveau le bruit sonore du fer qui ripe. Sa curiosité mise en éveil, il dégage à la bêche la terre autour de l'objet. La surface émaillée est de plus en plus grande, peu à peu l'objet prend forme, on distingue vaguement le ventre d'une amphore. Alors il se berce des plus folles illusions, tandis qu'il redouble de précautions pour dégager l'objet. Il s'agit bien d'une amphore. Il se baisse, tout tremblant, pour la déplacer, la viande de chien lui remonte dans le gosier, il vomit tout sans aucun regret. Au bout de sept à huit vomissements, il se sent l'estomac soulagé. Il regarde avec attention l'amphore et frotte avec la main la terre qui reste accrochée aux parois. La couleur bronze originelle apparaît. Autour de la bouche de l'amphore, il y a des arabesques en relief en forme d'ongles. Sur le ventre de l'objet sont dessinées des sortes de poissons et de chats très nets, tout simples, dans un style naturel. Le col est court, le bord est évasé. L'ouverture est scellée, il s'en dégage une odeur de bois pourri et de vase. Il enfonce le doigt et constate que le bouchon en bois est effectivement pourri. Il ôte le tampon, son cœur bat la chamade. Il n'ose pas regarder à l'intérieur de l'amphore. Il n'ose pas penser qu'elle pourrait bien être vide. Et si elle contenait du vin ? Mais aucune odeur de vin ne s'en dégage. L'ouverture a la grosseur d'un poing. Sa main hésite encore sur le bord. La sensation de froid qu'il éprouve au bout des doigts met comme un voile gris devant ses yeux. Il pense à des serpents noués ensemble. Un souffle glacé semble sortir de l'amphore avec un sifflement. Il déplace l'objet, le secoue, on dirait un bruit de frottement produit par quelque chose de métallique. À la clarté de la lune, il voit briller à l'intérieur de l'amphore obscure une faible lueur jaune pâle. Il respire mal, un peu comme s'il allait rendre son dernier souffle. Il a l'impression d'errer dans une forêt, de voir çà et là, à la faible clarté tombant du ciel, les écorces argentées des arbres devant ses yeux. Sa main tremblante va d'elle-même plonger dans l'amphore, saisit une poignée de quelque chose. Il s'agit de bijoux en argent enroulés ensemble. Il sépare les chaînes en argent, les compte avec précision : trois colliers, huit fleurs à chapeau, deux bracelets avec un fil torsadé, ainsi que trois petits objets dont il ne connaît pas l'usage. Il est fou de joie. Il fourre de nouveau sa main dans l'amphore et en retire six pièces d'argent. Il tente un nouvel essai, mais cette fois il n'y a plus rien, l'amphore est vide. Ses doigts grossiers grattent avec bruit les parois intérieures. Il soulève l'amphore et l'examine à la lumière de la lune, elle est bien vide. Sur les parois, il croit voir dessinées deux carpes rouges qui paraissent nager, bien vivantes. Il remet les bijoux en argent un à un dans l'amphore, examine le sol avec soin. Comme il ne se sent toujours pas tranquille, il prend l'amphore, se lève, recule de quelques pas pour élargir son champ visuel. Il fouille minutieusement. De la boue, des os de chien, des morceaux de bois pourri. Des morceaux de bois pourri, de la boue, des os de chien. Il aperçoit soudain, au milieu des morceaux de bois, une masse sombre et informe. Il s'accroupit, le cœur battant, et pose brutalement l'amphore. Il saisit la chose avec précaution. Ce qui avait dû être du tissu autrefois n'est plus que de la charpie qui s'effrite au toucher. Au beau milieu des débris brille une douce lumière jaune. De l'or ! Juste ciel ! De l'or ! crie-t-il en son for intérieur, tout en plaçant l'objet lumineux dans sa paume. La tête lui tourne, ses yeux papillotent. Il parvient à se calmer et peut distinguer le cercle doré qu'il tient dans le creux de sa main : un anneau d'or. Juste ciel ! Depuis qu'il est tout petit, il a entendu parler d'anneaux d'or, et il lui est enfin donné d'en voir un aujourd'hui…

Il observe le feu, le goudron fond lentement. Il se rappelle comment, trois ans auparavant, il a dépensé un yuan pour se faire dire la bonne aventure par un aveugle. L'un des yeux de l'homme suppurait. L'autre œil saillait comme un petit œuf de poule. Les doigts du devin étaient fins comme des vers de terre, ils se tortillaient en un mouvement circulaire. L'aveugle lui avait prédit qu'il ferait fortune dans les trois ans. C'était sûr, mais auparavant il aurait des petits ennuis, rencontrerait des difficultés, rien de bien grave, pas de quoi s'inquiéter. Et c'est arrivé, se dit-il, les prévisions s'avèrent exactes. Dans cette friche imbibée de sel, d'où peut bien provenir cette amphore remplie d'argent et d'or ? Elle a dû être apportée jusqu'ici lors de la grande crue de la rivière Balong. Selon les anciens, aux neuf méandres et aux dix-huit coudes de la rivière correspondent neuf jarres et dix-huit amphores. Personne ne sait où ont été enterrés ces objets.

Un anneau d'or ! Il approche le bout de sa langue du cercle, le lèche, il perçoit une odeur fétide de poisson. Il en est tout surpris, lèche encore, essaie d'affiner davantage cette sensation et finit par discerner un léger goût sucré. Il pense mordre l'objet entre ses dents mais a peur d'y laisser des empreintes. À quoi bon, puisque c'est bien de l'or ! Il n'ose passer à exécution, de crainte d'avaler l'anneau. Lorsque les dignitaires de la dynastie précédente se trouvaient dans une situation critique, ils se suicidaient en avalant de l'or. C'était plus efficace que le poison. Rien que d'y penser, il sent la mauvaise fortune rôder toute proche, pour un peu il verrait l'anneau d'or traverser cette bouillie de viande de chien et mettre en pièces son estomac. Il serre fortement ses lèvres minces et essaie de passer l'anneau d'or à l'un de ses doigts. L'index n'entre pas, le majeur encore moins ; en forçant bien, il parvient à l'enfiler à moitié sur le petit doigt. L'anneau d'or a dû appartenir à une femme, seule une femme de famille aisée a pu porter un tel bijou. Il essaie d'imaginer la femme : un visage très clair, une bouche petite comme une cerise. Il se dit que, puisqu'il a de l'or et de l'argent, il peut à présent songer à se marier, il lui faut profiter de l'absence du commandant Guo, rouler sa litière et ficher le camp. Puis il se dit qu'il ne peut pas partir comme ça. Il y a encore neuf jarres et dix-sept amphores cachées près de la rivière Balong. La chance lui sourit, et cela ne se limitera pas à cette seule amphore.

« Alors, Lai Shu, t'as pas encore fini ? »

C'est Yang Liujiu qui l'interpelle de loin. Il croit défaillir de peur. Il remet à la hâte les objets dans l'amphore, la cache avec son corps, pose la main sur l'ouverture et crie : « Surtout viens pas, je pose culotte !...

– T'avais qu'à pas tant bouffer ! Tu mériterais de crever d'indigestion, espèce de brigand !

– J'ai vraiment pas de bol, je crèverai peut-être pas d'indigestion mais en attendant j'ai la courante ! C'est une infection, pire que de la merde de chien !

– Putain ! T'as pas besoin d'en informer la terre entière ! »

Il se rabaisse exprès. Il est si inquiet qu'il en tremble intérieurement. Il déverse les os dans le trou et lance dessus une pelletée de terre violette qui les recouvre à moitié. Les os qui n'ont pas été enterrés semblent lui lancer des clins d'œil, comme s'ils se moquaient de sa stupidité. Il les ramasse et continue d'agrandir le trou, l'oreille aux aguets, espérant entendre un bruit métallique. Il ouvre grand les yeux pour essayer de distinguer l'éclat d'une poterie.

Il se dit que les neuf jarres et les dix-huit amphores
se trouvent peut-être toutes au même endroit. Le fer
de la bêche ripe avec un bruit, il s'agenouille, tassé
sur lui-même, retire un morceau de tuile. Il continue de creuser, retire un autre morceau de tuile.
Quand la lune faiblit et qu'à l'est, à l'horizon, s'élève
une vapeur rouge, il enterre définitivement les os.
Il essaie de bien se rappeler l'endroit. Une fois son
travail terminé, il se sent plein d'appréhension. Il
se dit que les autres auront des soupçons. Qui va
croire cette histoire de colique ? Il voit déjà leurs
yeux, pareils à ceux de loups affamés, briller dans
l'obscurité de l'abri. À peine aura-t-il pénétré sous
le baraquement qu'ils se jetteront sur lui comme des
chiens, le mordront jusqu'à ce que mort s'ensuive et
s'empareront de tous ses trésors. Il serre l'amphore
contre lui. Ah ! Que ne peut-il la cacher dans son
ventre ! La viande de chien continue de remuer
dans son estomac, des relents nauséabonds remontent. À chaque renvoi, il ouvre la bouche mais ne
vomit rien. Il finit par la refermer. Il sait qu'il a une
indigestion, pour de bon. Il va vraiment avoir la
courante. Il prend les objets dans l'amphore et les
fourre dans sa poche. La poche est toute renflée.
Non, impossible ! Sous la tente il y a tant de monde,
la moindre pièce de monnaie serait tout de suite
remarquée, à plus forte raison cette bonne poignée

de bijoux ! Il les remet de sa poche dans l'amphore et se dit qu'il vaut mieux les enterrer ici. Mais l'amphore est ouverte et les rats pourraient s'y faufiler. Ils emporteraient l'anneau d'or. Il retire sa veste, son tricot de corps et le met en boule pour clore énergiquement l'ouverture.

Il court plusieurs centaines de mètres plus loin enterrer l'amphore. Il creuse un trou, y dépose l'objet, le recouvre de terre. Puis il regrette son choix : l'endroit est trop éloigné du chantier. Un enfant pourrait fort bien le déterrer en coupant de l'herbe ou en gardant les moutons, et si un chien, un renard ou un blaireau venait creuser là ? Ce serait plus sûr de l'enterrer assez près, dans un endroit qu'il pourra surveiller du chantier. Il déterre donc l'amphore, porte sa bêche et revient en suivant la digue. Près de la digue poussent quelques mûriers blancs clairsemés, aux branches décharnées et dénudées. Il choisit un mûrier isolé, situé à cent pas de l'abri. Il se courbe et se glisse dessous, creuse furtivement la terre au pied de l'arbuste. La lune est vague, des ronflements sourds montent de la tente. Au pied du mûrier poussent des touffes de tribules vigoureux couverts de petites fleurs jaunes. Il ôte les tribules avec motte et racines pour les déposer plus loin. Il creuse un trou régulier à peine plus grand que l'amphore. Il y place l'objet, l'ouverture est un tout petit peu en contrebas de la digue pentue. C'est parfait. Avant de la reboucher, il se prend de nouveau à douter : et si l'amphore était vide ? Il arrache le tricot de corps déchiré qui obstrue l'ouverture, plonge la main dedans ; les objets en argent sont bien là, cela le tranquillise un peu. Mais dans sa fébrilité il n'a pas senti l'anneau d'or. Il en a soudain des sueurs froides, renverse à la hâte le contenu, trouve l'anneau. Cette fois, il est tout à fait rassuré. Il détache l'un des colliers en argent, y enfile l'anneau d'or. Tu es à moi, pas question de te laisser filer ! L'anneau lui adresse un sourire suave. Il comble l'espace entre l'amphore et les parois du trou avec de la terre et pose les mottes couvertes de tribules sur l'embouchure de l'amphore. Sous la lueur grise du ciel, les tribules semblent le narguer, pleins de vie. Il les redresse, les arrange doucement, recule de quelques pas et les examine. Cela ne lui semble pas naturel. L'étoile du matin s'est allumée, énorme, brillante. Le jour va se lever. Il ne se sent pas très tranquille, mais n'ose pas s'attarder plus longtemps. Il fait une entaille avec sa bêche sur le mûrier et retourne enfin sous la tente à bride abattue.

Il n'a pas fermé l'œil de la nuit. Ses prunelles pourtant roulent de tous côtés comme si elles avaient été lubrifiées. Les souffles viciés qui flottent sous la tente le font suffoquer, mais il ne lui faut pas une minute pour s'y habituer. Sa litière est tout contre celle de Sun. Comme il va s'allonger, il entend ce dernier lui dire : « Tu ne t'en tireras pas à si bon compte ! » Il a si peur qu'il n'ose plus respirer. « Tu ne t'en tireras pas à si bon compte ! » reprend Sun. « Quoi ? Quoi ? Qu'est-ce qu'il y a ? » dit-il tout bas. Il est prêt à étrangler Sun. Mais ce dernier s'est retourné en grommelant. Puis il se met à ronfler. Il pousse un soupir de soulagement et, sans faire de bruit, s'allonge tout habillé. Il regarde un moment l'ossature triangulaire de la tente plongée dans l'obscurité. Puis il tourne les yeux de côté pour observer Sun dont le visage est tout déformé par la position qu'il a prise.

Pendant le petit déjeuner, les ouvriers, leur pain à la main, ont tous des airs d'enterrement. Il perçoit des regards étranges qui le scrutent. Yang Liujiu tousse, d'une toux efféminée. Sun donne un coup de pied dans un seau en fer qui résonne. Un ouvrier d'un certain âge pousse un cri pareil au chant du coq.

« Cette nuit, j'ai eu une de ces courantes ! dit-il. Une fois accroupi, impossible de me relever. J'en ai les intestins vidés !

— Espèce de bon à rien ! » crache Yang Liujiu.

Tous se mettent à l'injurier en chœur ; plus les insultes pleuvent, mieux il se sent. « Sun, dit Lai

Shu, je te donne raison. T'es pas marié ? J'ai une petite sœur aussi belle qu'une immortelle, je te l'offre pour femme, qu'est-ce que t'en dis ?

— Garde-la pour toi, répond Sun.

— Grand frère Lai, dit un ouvrier, puisqu'il n'en veut pas, donne-la-moi !

— À toi ? dit Lai Shu. Tu te prends pour qui ? Avec ton air de crétin fini, t'es même pas digne de boire sa pisse ! »

De la rive sud du fleuve parviennent les cris d'une femme appelant un enfant : « Liuzhu ! Liuzhu ! Rentre ! À table ! »

« Alors, ils sont enterrés ? demande Yang Liujiu.

— Enterrés ! Qu'est-ce qui est enterré ? J'ai rien enterré, moi...

— Mais les os du chien ! »

Lai Shu respire, il a les aisselles toutes moites. « C'est fait, dit-il, Votre Excellence. Votre humble serviteur les a enterrés. J'ai creusé à cinq mètres de profondeur, le Seigneur du ciel lui-même ne les trouverait pas.

— Merde ! T'es complètement cinglé ! » dit Yang Liujiu.

Le goudron est en ébullition, la chaleur brûlante monte en vapeur. Il transpire à grosses gouttes. Il fait exprès de se barbouiller le visage avec la cendre qu'il a sur les mains. Son regard retourne toujours malgré lui vers le mûrier. Il est toujours là, solitaire, ses feuilles resplendissent, dures comme de la monnaie sous le soleil. L'arbre flamboie, se consume, une torche.

6

Peu après le dîner, Yang Liujiu s'est accroupi à l'ombre du bosquet des théiers. Il observe ce qu'il se passe chez Bai Qiaomai. Dans le ciel, quelques nuages gris avancent lentement. La lune se cache derrière les nuages et l'ombre se fait encore plus dense sous les mûriers. Leurs feuilles s'assombrissent. L'ombre des nuages glisse paresseusement sur le sol. Des vapeurs montent du village, une femme appelle son enfant d'une voix haute et mélodieuse : « Liuzhu ! Liuzhu ! Rentre ! À table ! » La voix semble monter du fond d'un puits. Elle a une résonance mouillée. Le portail de Bai Qiaomai est fermé comme d'habitude, un calme profond règne dans la cour. Il repense au chien noir héroïque : la nuit dernière, il était encore plein d'arrogance. Il en a le cœur serré. Dans la maison, on a allumé une lampe à huile. La lumière éclaire la fenêtre de droite. Celle de gauche reste obscure. Des chauves-souris volent dans la cour. Après être resté ainsi accroupi un moment, comme il n'entend pas de bruit, il avance le dos courbé jusqu'au portail rustique. Il allonge la main pour défaire le crochet en fer. À la place, il trouve un énorme cadenas. Il avance jusqu'à la jonction du mur et de l'auvent ; il va se hisser en haut du mur, quand il sent des piqûres et une douleur aux mains. Il lâche prise et regarde ses paumes : elles sont couvertes de sang. En haut du mur, on a plaqué une couche de boue dans laquelle sont fichés des morceaux de verre de couleur verte. Il peste intérieurement contre la méchanceté de la femme. Il suit le mur jusqu'au bout. C'est la même chose tout du long. Il met longtemps avant de comprendre que le mérite de ce travail revient à Sun. Il retourne au coin de l'auvent. Il entend la fenêtre vibrer. Toujours pas âme qui vive. Il s'inquiète pour Sun. L'aurait-elle écorché vif ? Plus il y pense, moins cela lui semble probable. Il se dit que, dans ce monde fait de paix et de clarté, une femme n'est pas capable de tuer un homme à cause d'un chien.

La femme de Sun était arrivée au chantier avec son gosse. Elle avait parcouru clopin-clopant une cinquantaine de kilomètres avec son ventre proéminent de femme enceinte et la petite fille qui marche à peine. Elle portait sur le dos un baluchon déchiré. À force de persévérance, malgré sa claudication, elle avait fini par atteindre le but de sa marche. Son visage était couvert de poussière. Ses cheveux avaient la couleur des fils de laiton. Quand la femme de Sun était arrivée sur le chantier, les ouvriers étaient en train de boire leur bouillie de maïs à même l'écuelle. Le soleil n'en finissait pas de se coucher. Une partie du ciel s'était empourprée. Entre deux gorgées, les langues allaient bon train. On parlait de Sun. Personne ne se faisait de souci pour lui. Un ouvrier avait déclaré que Sun, à l'heure qu'il était, devait se régaler de bonnes lampées de gelée de soja chez Bai Qiaomai. C'est alors que la femme était arrivée. Elle venait de l'ouest, la digue était recouverte d'une grisaille crépusculaire. Les corbeaux croassaient, lugubres, au-dessus de la friche. Elle avançait lentement, de loin on aurait dit une vache. Arrivée sous le mûrier blanc isolé, elle avait déposé à terre l'enfant qu'elle portait sur le dos. La gosse s'était accroupie sous le mûrier. L'enfant avait l'air d'un gros lièvre brun. Lai Shu s'était levé d'un bond, son écuelle à la main, le menton crispé. La bouillie lui glissait le long du menton jusque dans le cou. On aurait dit qu'une attaque d'apoplexie l'empêchait de parler, ou qu'il avait perdu l'os du menton. La femme s'était avancée, tirant l'enfant par la main. Lai Shu avait poussé un long soupir de soulagement. Il s'était rassis, avait recommencé à aspirer sa soupe à grands bruits. La femme et l'enfant étaient descendues de la digue, avec force contorsions. Elles s'étaient avancées vers les cuisines. La femme était bancale, elle avait les épaules levées, le cou allongé. Sa démarche était disgracieuse. L'enfant restait accrochée au pan de son vêtement. On aurait dit une boule de tissu en mouvement. « Voilà des mendiantes ! avait dit quelqu'un. – Faut la laisser manger ! » avait dit un autre. Alors qu'ils parlaient, la femme s'était avancée jusqu'à eux et avait dit d'une voix claire : « Grands frères, il y a bien ici un dénommé Sun Ba ? » Personne ne s'attendait à ce que cette propre-à-rien eût une voix aussi superbe. Pour peu qu'elle parlât sans qu'on la vît, on aurait pu croire qu'il s'agissait d'une toute jeune fille de dix-sept ou dix-huit ans.

« Ben oui ! avait dit Lai Shu.

– Où est-il ?

– Euh, avait dit un ouvrier, c'est que… »

Yang Liujiu s'était avancé et avait demandé : « Vous êtes sa mère ?

– Non, avait-elle répondu, la mère de son enfant. »

Le ventre de la femme était rond comme une cuvette. Il en était resté tout surpris. La femme, tout comme Sun, semblait sans âge.

« Vous voilà, grande belle-sœur ! s'était-il exclamé.

– Mais lui ? avait-elle demandé, affolée.

– Il est allé au bureau du bourg. S'il n'est pas rentré ce soir, il sera sûrement là demain matin.

– Enfin me voici rendue ! avait-elle dit.

– Grande belle-sœur, vous venez pour… »

Alors la femme s'était tue et s'était mise à pleurer. Les sanglots la faisaient suffoquer. Personne ne mangeait plus, tous avaient formé cercle autour d'elle et la regardaient pleurer. La femme était vêtue de haillons. Elle avait le visage marqué de taches. La fillette piaillait plutôt qu'elle ne pleurait et ne cessait d'appeler sa mère. Les ouvriers soupiraient avec compassion. Liu le bossu était assis sur ses talons sur le seuil de la cuisine. Sa tête baissée tombait entre ses jambes.

« Grande belle-sœur, avait dit Yang Liujiu, faut pas vous affliger comme ça. Vous allez d'abord manger quelque chose. Je suis le chef par intérim de la brigade du chantier de voirie. Dans un moment, j'irai chercher Sun et vous serez tous réunis. Liu, apporte vite des bols et des baguettes, faut qu'elles mangent d'abord ! »

Liu était revenu avec deux bols, une écuelle de soupe, quatre pains de maïs cuits à la vapeur, une assiette de navets émincés salés.

« Je n'ai pas faim, avait dit la femme.

– Allons, mangez ! » avait insisté Liu.

La femme s'était assise lourdement. Elle avait

attiré la fillette à elle. Elles avaient pris leur soupe, l'avaient bue. L'enfant s'était étranglée en mangeant sa soupe et s'était mise à tousser. La femme lui avait tapoté le dos avec ses poings. Un des ouvriers était entré sous l'abri et en était ressorti avec deux gâteaux secs qu'il avait offerts à la fillette. Celle-ci n'avait pas osé les prendre. Sa mère avait accepté pour elle. Tout en restant assise, elle s'était inclinée pour remercier.

Après le repas, la femme avait retrouvé un peu d'entrain. Elle avait sorti du baluchon un peigne édenté, l'avait passé à plusieurs reprises dans ses cheveux et dans ceux de l'enfant. Elle s'était mise à bavasser. Elle avait raconté que six bons mois s'étaient écoulés depuis le départ de Sun sans qu'elle ait jamais reçu la moindre lettre. À la commune populaire, on lui avait dit qu'il avait mal agi et qu'il avait été condamné à se rendre à la brigade de voirie. Elle était sur le point d'accoucher, n'avait plus de quoi faire la cuisine ; Sun, tout mauvais qu'il était, restait son homme après tout, c'était donc à lui de trouver une solution. À force de raconter ses malheurs, elle s'était remise à pleurer. L'enfant, fatiguée par la marche, s'était endormie, épuisée, sur sa mère, comme une poupée de chiffon. L'univers avait pris la couleur des fleurs de trèfle.

« Liu, avait dit Yang Liujiu, je vais t'ennuyer en

te demandant d'aller dormir avec les autres entassés sous l'abri et de leur laisser ton lit pour cette nuit. Demain, nous leur installerons quelque chose.

— D'accord, avait dit Liu.

— Je vais chercher Sun », avait-il ajouté…

Il se tient debout contre le mur sous l'auvent. Il se dresse sur la pointe des pieds, arrache les morceaux de verre, les jette, agrippe le faîte du mur et se hisse. La pointe de ses pieds heurte la paroi à plusieurs reprises. Le poids de son corps repose sur ses deux bras. Il replie les jambes. Il se glisse dans la cour, avance doucement jusque sous la fenêtre de droite et, du bout de la langue, fait un trou dans le papier huilé qui tient lieu de carreau. Il colle un œil sur le rond. Deux des pièces de l'habitation communiquent entre elles, aucune cloison ne les sépare. Sun, la mort dans l'âme, un bâton à moudre dans les bras, pousse la meule à broyer le soja. Bai Qiaomai est assise sur le seuil sur un tas de tiges de chaume tressées. Elle a les bras croisés sur sa poitrine ; sur le sol, devant elle, est posée une longue badine de jonc dont les feuilles sont déchirées au bout. La meule grince lourdement. Sur la meule s'entassent des grains de soja bien ronds. De la fente entre les deux pierres sort une bouillie de soja laiteuse. Sun pousse le bâton à moudre avec son ventre, le regard rivé sur le cercle à parcourir, comme s'il voulait retrouver ses traces de pas. Son ombre se projette un instant sur le mur puis sur le sol. Bai Qiaomai a les traits tirés ; entre la fente de ses longs yeux, elle paraît regarder la lampe, mais peut-être s'est-elle assoupie. Des insectes nocturnes volettent autour de son visage. Elle les chasse d'un geste de la main et crie à l'improviste : « Raclée ! »

Yang Liujiu en sursaute de peur et recule. Sun relève la tête, il prend une louche en bois dans un grand seau, en bois également. Sur le bord arrondi de la cuillère, on a pratiqué une encoche. Il laisse la louche traîner derrière lui, gratter le bord inférieur de la meule. La louche suit le mouvement, racle la bouillie de soja, heurte le seau pour y déverser son contenu. Yang Liujiu, de l'extérieur, peut sentir la délicieuse odeur du soja. Il éprouve pour cette femme de l'affection et du ressentiment. Elle porte une veste en velours côtelé rouge sombre, elle a des cheveux luisants, elle reste assise oisive, c'est un peu comme si elle faisait travailler un âne. Soudain, la pièce est inondée de blancheur, l'ampoule accrochée aux poutres brille, l'électricité est revenue. Bai Qiaomai plisse les yeux, Sun est ébloui, debout sur le chemin de meulage, sans pouvoir avancer davantage.

« Saloperie de courant ! » jure-t-elle. Elle se lève pour souffler la mèche de la lampe à huile et reprend : « Alors ! Tu tournes ou quoi ? Qu'est-ce que t'attends planté là ?

— Grand-tante, dit Sun, ma bonne tante, ayez pitié de moi, soyez charitable, laissez-moi rentrer !

— Magne-toi ! » dit Bai Qiaomai en attrapant la badine d'osier dont elle frappe un coup sur les fesses de Sun. Sun grimace ; le bâton à moudre dans les bras, il se remet à pousser.

La pièce est de nouveau plongée brutalement dans l'obscurité. Yang Liujiu entend la femme pousser un cri. Il va appeler Sun quand il perçoit un bruit de chute à l'intérieur de la pièce. Il entend Sun qui crie d'une voix suraiguë : « Ouille, juste ciel ! » tandis que Bai Qiaomai jure et tempête : « Sale petite crapule, tu pensais en profiter pour décamper, hein ! Eh bien, qu'est-ce que t'attends, vas-y, décampe voir !

— Grand-tante, chère tante, je ne le ferai plus, je vous le promets ! »

La pièce est de nouveau inondée de lumière, Bai Qiaomai donne claque sur claque sur le crâne de Sun qui n'arrête pas de crier grâce.

« Saloperie de courant ! À croire que t'as la tremblante du mouton ! jure encore Bai Qiaomai qui halète bruyamment. Et toi l'avorton, malgré ta taille t'es vraiment rusé. Où cours-tu comme ça ?

— Grand-tante, reprend Sun avec une mine

d'enterrement, le bâton à moudre dans les bras, laissez-moi rentrer manger quelque chose, je reviendrai après.

– Comme si tu t'étais pas rempli la panse avec la viande du chien !

– Grand-tante, j'en ai mangé si peu. Les autres sont costauds et moi je me fais toujours avoir. Je dois accomplir toutes les corvées. Grand-tante, je voudrais être un pet de votre ventre, comme ça au moins vous me laisseriez partir. »

Yang Liujiu va pouffer de rire. Il se couvre la bouche avec sa main. Dans la pièce, Bai Qiaomai en fait autant.

« Te relâcher, pas si simple ! Que votre brigand de chef Yang Liujiu vienne porter le deuil de mon chien !

– Alors laissez-moi rentrer le prévenir. Grand-tante, c'est lui qui m'a forcé à attraper le chien, c'est le chef, comme si je pouvais lui désobéir ! »

Petit salopard ! jure Yang Liujiu en silence.

« Assez de boniments, au travail !

– Grand-tante, j'ai si faim que je ne peux plus faire un pas ! »

Bai Qiaomai soulève le couvercle du chaudron, prend une galette qu'elle jette à Sun.

« Ça va, mange, si tu pouvais t'étouffer pour de bon avec ! »

Sun attrape au vol la crêpe, en mord un morceau et dit : « Grand-tante, donnez-moi des légumes salés pour manger avec !

— T'auras des légumes tout court ! Non mais, tu te prends pour un invité ? » Mais déjà elle apporte une assiette de pâte épaisse de soja et deux poireaux qu'elle pose devant Sun.

« Grand-tante, un peu d'eau !

— De la pisse, oui !

— Grand-tante, justement, j'ai envie de pisser.

— Ouais, pour décamper !

— Grand-tante, vous avez du verre pilé sur le mur et le portail est fermé avec un gros verrou, même avec des ailes j'aurais du mal à filer. Grand-tante, c'est que ça presse ! »

Bai Qiaomai ôte le verrou et actionne un interrupteur. Une lampe s'allume sous l'auvent, éclaire toute la cour. Yang Liujiu s'empresse de s'accroupir au pied du mur. Sun franchit le seuil, Bai Qiaomai le suit avec sa badine en osier. Yang Liujiu se rue vers elle, l'attrape par-derrière et braille : « Sun, fous le camp, ta femme et ta fille t'attendent sous la tente ! »

Bai Qiaomai pousse un cri bizarre, elle se débat comme un beau diable, joue des pieds et des mains. Sun se rue sur le portail rustique. Il le secoue en faisant sonner le cadenas. « Reviens ! lui crie Yang Liujiu, saute par le mur est ! »

Sun revient comme une mouche sans tête et dit en haletant : « Y a du verre en haut du mur, c'est moi qui l'ai posé cet après-midi !

– La partie sous l'auvent n'en a pas ! »

Sun se précipite vers le mur sous l'auvent et, comme le soldat fantoche dans le film *La Guerre des souterrains*, il s'y reprend à trois fois mais en vain.

« Espèce de cornichon, va chercher un tabouret ! »

Sun vole jusque dans la maison, Bai Qiaomai lui décoche un coup de pied au passage. Il apporte un tabouret étroit, maculé de jus de soja, le place au pied du mur, et grimpe sur le mur en prenant appui sur le tabouret. Il roule de l'autre côté, tombe en criant : « Ouille, maman ! »

Yang Liujiu enserre fermement la taille de Bai Qiaomai. Quand Sun dégringole du mur, il se rend compte qu'elle est comme une chiffe molle entre ses bras. Il en est tout remué de plaisir. Bai Qiaomai se tortille maintenant comme un beau diable, sans pouvoir échapper à son étreinte. Il l'élève en l'air avec force, elle est énorme, ses deux pieds effleurent le sol et pédalent avec vivacité, comme des sabots de mouton. Yang Liujiu la porte ainsi jusque dans la maison, elle baisse la tête et le mord férocement à la main. Yang Liujiu lâche prise et la pousse rudement devant lui. Elle fait un bond en avant, se retourne en appuyant ses mains contre le mur. Elle a les cheveux en bataille, ses vêtements sont tout froissés, sa poitrine se soulève, elle halète la bouche grande ouverte.

Yang Liujiu met le verrou, éteint la lampe de la cour et la regarde avec des yeux flous. Un mince filet de sang coule de sa main, mais il ne ressent aucune douleur. Il brûle d'impatience, sa blessure est en feu.

Bai Qiaomai reste appuyée contre le mur, sa respiration finit par se faire régulière. Elle crache avec mépris sang et salive en l'injuriant : « Bandit ! » Elle attrape la cuillère à racler le soja et la brandit en direction de Yang Liujiu. Ce dernier, les mains sur ses hanches, la regarde en riant. La lumière éclaire ses favoris aux reflets d'un roux sombre. Son visage foncé a l'éclat du cuivre patiné. Il ôte sa veste, la met en boule et la jette dans un coin du mur. La veste se déplie dans les airs et retombe doucement sur un tas d'herbe qui se trouve là.

Bai Qiaomai lève la louche mais son bras s'immobilise comme par magie. Elle regarde, hébétée, les muscles saillants de Yang Liujiu, les poils roux sur sa poitrine. Elle regarde et finit quand même par abattre la louche, tout doucement, plutôt pour flirter que pour frapper. Yang Liujiu fait un pas en avant et arrête la main de Bai Qiaomai, qu'il serre avec force. Il a l'impression d'enfoncer les doigts dans du saindoux, la chair se répartit de chaque côté et il sent les os sous la peau. Bai Qiaomai gémit de douleur, la louche tombe à terre. Yang Liujiu attire la femme contre lui, de son autre main elle lui arrache des poils sur la poitrine. Ils se repoussent, s'attirent, s'enlacent, trébuchent. Cela n'en finit pas, jusqu'à ce que Bai Qiaomai tombe à la renverse, aussi docile qu'un agneau. Yang Liujiu lui enserre la taille et promène sa bouche hérissée de barbe sur le large visage lunaire.

Une coupure de courant.

La lumière revient.

Ils sont enlacés, assis sur le tas de petit bois et d'herbe près du foyer. Deux larmes perlent des yeux allongés de Bai Qiaomai : « Voleur, paie pour le chien ! dit-elle d'une voix triste.

– Je te paie avec ma personne !

– Non, c'est mon chien que je veux ! »

Yang Liujiu la renverse : « Garce ! Tu m'as labouré le visage jusqu'à ce qu'il ressemble à un kaki trop mûr, tu m'as mordu comme une chienne enragée !

– Serre-moi fort… chéri, voilà six ans qu'on ne m'a pas enlacée.

– Et ton homme ?

– Mon homme !… dit-elle en se mettant à pleurer tristement. Relève-toi !… Allons, relève-toi, je vais te le montrer ! »

Yang Liujiu s'exécute. Bai Qiaomai, en réajustant ses vêtements, pousse la porte de la chambre à gauche, elle se tourne un peu de biais pour franchir le seuil et allume la lampe : « Viens donc voir ! »

Yang Liujiu la suit, sur ses gardes.

« Le voilà, mon homme ! »

Sur le kang est allongé un homme nu. Yang Liujiu a un sursaut. Le corps de l'homme est grisâtre, on dirait un ver à soie tout séché. Il ne bouge pas, seul son cœur doit battre lentement. Un visage gris, un regard vague dans des yeux tellement dépourvus d'éclat qu'on les croirait en plastique. Parfois, les muscles de ses joues tressaillent un peu. Les lèvres minces s'ouvrent par moments ou se serrent en une ligne. Une natte est placée sous son corps, une odeur de chair putréfiée vous monte à la tête.

Yang Liujiu bat en retraite, tout étourdi. Il s'assoit sur le tas de petit bois, incapable de dire un mot. Il ne quitte pas Bai Qiaomai du regard.

« Ça fait six ans qu'il est couché comme ça… Cette année-là, au printemps, il avait voulu aller avec les autres faire de la propagande au village de la famille Kuang. J'ai essayé de l'en dissuader. Mais lui s'obstinait. Je lui ai dit que là-bas des gens avaient été battus à mort. Il m'a répondu qu'un révolutionnaire ne devait pas craindre de mourir, sinon ce n'était pas un révolutionnaire. Ils y sont allés, drapeau rouge en tête. À peine entrés dans le village, ils se sont fait encercler, tuiles cassées, pelles, pioches, bidents se sont abattus en même temps. Il a été tabassé sur place. On l'a ramené à la maison dans cet état. Remèdes et piqûres n'ont servi à rien… Il aurait mieux valu pour lui mourir sur-le-champ !… » explique-t-elle en pleurant à chaudes larmes.

Yang Liujiu a du mal à respirer, quelque chose de visqueux lui obstrue le gosier. Il parvient à articuler avec des efforts inouïs : « Petite sœur… Je t'emmène, fuyons !

– Où ça ?

– En Mandchourie !

– Non, il y fait trop froid, je ne supporte pas le froid !

– Alors tu vas rester comme ça ? »

Bai Qiaomai se jette contre sa poitrine. Ses doigts brûlants lui déchirent les joues, elle dit entre deux sanglots : « Chéri… si tu as de l'affection pour moi, aide-moi à le tuer… Une faible femme comme moi… »

Le corps ardent de Bai Qiaomai le brûle, sa bouche est en feu. Il la repousse, se lève tout étourdi, se dirige en chancelant vers la porte. Comme il va toucher le verrou, Bai Qiaomai se jette à son cou : « Espèce de lavette ! Alors tu partirais comme ça ! Il est déjà presque mort… et moi je l'ai torché, lavé, servi pendant six ans… Tant qu'il sera en vie, il me faudra rester avec lui !…

– Tu devrais ne rien lui donner à boire et à manger, suggère Yang Liujiu.

– J'ai essayé, oui, mais son estomac fonctionne bien. Quand il avait faim, il braillait "Ouh ! Ouh !" comme un loup. Les voisins auraient pu l'entendre… »

Yang Liujiu se détourne. Le sol se dérobe sous lui. Il s'appuie contre la porte, ses jambes tremblent comme des ressorts. Bai Qiaomai a les cheveux en bataille, le visage ruisselant de larmes. Le rouge vif de sa veste de velours côtelé va se mettre à couler, dans les longs yeux brillent des lueurs sauvages. De son corps semble se dégager une odeur de moisi, de caveau…

Ce jour-là, à midi, il avait appris la mort de la fille des Qiao du village des Tan. Il n'en avait pas cru un mot. La veille, il l'avait encore aperçue au marché qui achetait du tissu. C'était une fille bien en chair, suintant la graisse de tout son corps, qui excitait la concupiscence de plus d'un. Il avait des doutes, n'osa pas demander des détails. « Ah, ah, ah ! avait dit le type, elle est morte à midi, on l'enterre cet après-midi même. On meurt comme on souffle une bougie, votre souffle devient vent d'automne et votre corps retourne à la terre. C'est si peu de chose. Dommage, pourtant, pour cette fille à marier ! »

Le cimetière du village des Tan se trouve dans une pommeraie. Au nord passe une rivière. Depuis l'annonce de cette nouvelle, il ne peut s'empêcher de penser à la morte. Il accroche à son épaule un panier à fumier et part ramasser des excréments aux alentours de la pommeraie. Il trouve deux files de bouses de vache et les met dans son panier. Il ne ramasse ni les crottes de chien ni les excréments humains, trouvant que cela sent trop mauvais. Le verger est planté de trois à cinq mille pommiers, les troncs ont la grosseur d'un rouleau en pierre, les têtes sont taillées en arrondi en forme de petits pains à la vapeur. Les troncs courts sont badigeonnés de chaux blanche. On a ôté l'écorce de ceux qui n'ont pas subi de traitement et ils sont d'une couleur brunâtre, comme s'ils étaient enduits de bouse de vache. Les têtes des pommiers se touchent, c'est la pleine floraison. Les branches sont couvertes de grappes blanches et rosées. Le pollen flotte au-dessus du verger, dégageant de lourds effluves. Les abeilles, comme des étincelles, volent à la recherche du pollen…

Elle lui caresse le visage de sa main potelée et lui dit à l'oreille : « Ah… mon chéri, t'as ton compte de mamours ? Bon, allez, entre et tue-le ! La vie pour lui est un calvaire… Ah, mon chéri !… Allez vas-y !… »

Il fait plusieurs fois le tour du verger. On est déjà au milieu de l'après-midi. Il regarde à l'intérieur par une trouée dans le bosquet de lyciets. Une voûte en briques arrondie s'élève légèrement au-dessus de la terre jaune ameublie. Quelques hommes aux traits tirés fument assis sur les manches des pelles posées en désordre sur le sol. Le chant d'un loriot monte, comme un coup de sifflet, si aigu que le jardin vibre, que l'air se déchire avec un bruit de soie. À la tombée du jour, il grimpe sur une butte à l'ouest du verger. Une moitié de soleil jaune, des blés presque mûrs, immobiles. Des enfants rentrent après avoir fauché l'herbe, ils avancent, solitaires, le long des chemins de levée entre les champs. Leur chanson grivoise lui brise le cœur. Après le chant mélancolique des enfants, des pleurs discordants s'élèvent du village des Tan. Une voiture à cheval servant à porter des briques paraît à l'entrée du village. Le vieux cheval plie sous le poids. Le conducteur couvert de plumes couleur émeraude marche à côté de la bête. Derrière la voiture, les gens suivent en file. Il s'est assis derrière des arbustes sur le tertre et écoute attentivement les paroles des pleureuses. Le convoi est encore loin, les pleurs sont ténus comme un fil. S'il peut voir les ornières sinueuses laissées par les roues, il ne parvient pas encore à distinguer correctement les sons. Sur l'humus sous les arbustes, deux énormes criquets copulent. La femelle saute sur sa chaussure, le mâle grimpe sur une branche d'arbre. Il n'ose pas bouger, continue de regarder les deux criquets qui se remettent à sauter allégrement dans l'herbe. Le convoi se rapproche. En tête vient une fillette d'une dizaine d'années, le front ceint d'un turban blanc. De la ouate est accrochée à chacune de ses oreilles. Elle tient haut à la main une perche en bambou décorée. Au bout de la perche est attachée une bannière faite de papier blanc tressé. Derrière la charrette suivent quelques femmes d'un certain âge. Elles pleurent, on entend des lamentations : « Hélas ! Ma petite fille ! », « Ah ! Chair de ma chair ! » Elles ont toutes le visage levé vers le ciel, la bouche couverte d'un vieux mouchoir. Elles ne regardent pas le chemin et avancent en trébuchant. Derrière les femmes viennent quatre ou cinq solides gaillards, muets comme des carpes, le visage défait, comme si des gardes-chiourme armés se tenaient derrière eux. À hauteur du verger, le cheval s'arrête, les gens en font autant. La fillette tient toujours sa bannière, elle est debout sur le bord de la route. Les femmes se rassemblent sous l'étendard, leurs lamentations mélodieuses s'envolent au-dessus des arbres. Le soleil jaune moribond, pitoyablement sombre, retarde le moment de se coucher. Les hommes qui étaient dans le verger en sortent et rejoignent ceux qui se trouvent derrière la charrette. Quelques-uns montent dans le véhicule, lancent un cri et soulèvent le cercueil qui est surélevé et plus large à une extrémité. La peinture n'est pas sèche. À certains endroits, le rouge est si foncé qu'on dirait une tache de sang. À d'autres endroits, il est plus clair et laisse voir la couleur naturelle des planches. Du haut de la charrette, les hommes lancent quelques cordes de chanvre qu'ils accrochent au cercueil. Ils passent au travers des cordes des barres en bois de taille inégale. Ils poussent un autre cri, le cercueil quitte le sol, les hommes le portent en se bousculant jusque dans le verger. Les femmes les suivent en pleurant. La fillette reste en arrière. Elle regarde de tous côtés avec curiosité. Puis les arbres la masquent à sa vue. L'oriflamme en papier au bout de la perche qui dépasse au-dessus des arbres lui permet de repérer le lieu où elle se trouve. Le cocher est resté accroupi au même endroit. Les plumes couleur émeraude qu'il porte sur le dos rougeoient comme des vapeurs crépusculaires. Des ondulations parcourent les blés. Le soleil se couche, couleur de sang. Le vieux cheval est debout, déférent. De loin, les quelques poils clairsemés sur sa tête allongée ressemblent à des mouches. Un hélicoptère, vibrant de toutes ses pales, redresse la queue et glisse au-dessus du verger. Une colonne de fumée blanche monte de l'enfourchure d'un pommier. Au milieu, des cendres de papier, semblables à des papillons noirs, s'élèvent en tourbillonnant. Pendant un instant, les pleurs des femmes se font plus sonores puis s'atténuent. Une seule parmi elles continue de chanter haut et fort. La voix des autres se fait de plus en plus faible jusqu'à se taire. Une foule désordonnée sort du verger. Quelques femmes, un tissu blanc à la main, volent littéralement jusqu'au village. La fillette ressort les mains vides et part derrière les gens. Le conducteur aux plumes émeraude la prend dans ses bras pour la hisser sur la charrette. Elle en saute et ramasse au bord de la route un volubilis rose. Elle élève une main vers sa bouche et souffle sur la fleur...

Debout devant le kang, il est glacé jusqu'aux os, l'homme-momie le regarde fixement de ses yeux de serpent. Il n'ose pas regarder ces yeux cruels et sinistres...

Le soir même, il se rend en cachette jusqu'à la pommeraie. Il n'entre pas par la porte, gardée par un vieillard à moitié sourd et muet. À l'aide d'un levier, il pratique une brèche permettant tout juste à un homme de passer dans le buisson de lyciets et s'y faufile à quatre pattes. Dans cette deuxième partie de la nuit, le verger est calme comme l'eau morte d'un étang. Une lune sombre, semblable à une moitié de gâteau rond, donne aux pommiers l'apparence de paquets de brume. Les fleurs dégagent une fragrance doucereuse. Branches et feuilles sont immobiles. Parfois un pétale, doux flocon de neige sous la lune, tombe avec un frémissement glacé. Il est tout de noir vêtu, avec des vêtements appropriés pour ne pas faire de bruit. Il avance à pas de loup d'un coin d'ombre à un autre. Il tient dans la main gauche une pelle tranchante au manche court et, dans la droite, un levier en fer à bout pointu. Il reste debout devant la tombe creusée l'après-midi. L'odeur humide de la terre jaune toute fraîche monte jusqu'à lui, imprègne l'air ambiant, l'alourdit. Sur le haut de la tombe, un morceau de brique rouge retient un papier mortuaire jaune. Devant la tombe, il voit un carré fait avec quatre morceaux de briques neuves, au centre duquel il y a de la cendre noire et des morceaux de papier ronds pas entièrement consumés. Il connaît bien les coutumes funéraires locales. Il jette les quatre morceaux de briques dans un coin, plante le levier à côté et s'agenouille devant le caveau. Il prend sa courte pelle et se met à creuser à toute vitesse. En peu de temps, il a dégagé la moitié de la terre. Le fer de la pelle rencontre les briques à l'intérieur et résonne avec bruit. La terre est spongieuse, douce à creuser. Déjà la porte cintrée du tombeau est dégagée. Elle est faite de rangs de briques alternées ; l'ouvrage est grossier, il n'a pas besoin de levier. Il allonge la main, retire une brique, une lueur amarante filtre hors de la tombe. Il en a la chair de poule, mais déjà il se reprend. La lumière provient d'une lampe qui ne s'éteint jamais. À l'intérieur, l'air circule encore, il ne risque pas d'être assailli par des miasmes, d'où l'intérêt qu'il y a à profaner les sépultures fraîchement creusées. Sa main pioche les briques comme ferait un bec. En un instant, il a pratiqué une ouverture suffisante. Il déterre le levier et se faufile dans le caveau. Il est cintré lui aussi et l'on peut tout juste se mettre debout au centre. Dans le mur, on a creusé une niche dans laquelle est placée une lampe encore à moitié pleine d'huile de soja. La porte de la tombe est grande ouverte, l'air pénètre à l'intérieur. La lampe brille de façon anormale. Il introduit la pointe aplatie du levier dans la fente entre le dessus et le corps du cercueil et appuie de toutes ses forces. Le couvercle grince avec un bruit terrifiant. Il fait tout le tour pour forcer le couvercle. Arrivé à un certain endroit, il enfonce le levier à demi et soulève avec force. Il entend le grincement des clous qui s'arrachent du bois. Le couvercle glisse d'un côté. Il s'éloigne pour permettre à la lumière d'éclairer l'intérieur du cercueil. Un air tiède s'exhale de l'intérieur. Il ôte le papier jaune qui cache le visage. Il lui apparaît, tout rond, comme une assiette en argent. Un fin duvet court aux commissures des lèvres légèrement entrouvertes. On voit des dents très blanches. Sur le corps est posée une mince couverture en soie de très belle qualité, de couleur éclatante. Elle pourra être vendue un bon prix. Il en est transporté de joie, plie la couverture, la jette à l'extérieur de la tombe. La morte repose paisiblement dans le cercueil. Elle est vêtue d'une veste en velours côtelé rouge foncé et d'un pantalon du même tissu, mais bleu. Elle porte des chaussures à élastique à semelle blanche, des chaussettes en nylon bleues à rayures blanches. Ces vêtements lui plaisent. Il sort la morte du cercueil. Il ne s'attendait pas à trouver le corps mou, il semble même encore tiède. Comme il a l'habitude de le faire, il se passe une corde autour du cou, puis la passe au cou de la fille. Un mort, en principe, est raide comme un bâton ; une fois mis debout, il est facile de le déshabiller, mais la jeune fille n'est pas raidie et sa tête dodeline doucement. Il se fatigue, s'essouffle sans parvenir à la faire se redresser en même temps que lui. Il doit la laisser assise. Il s'assoit lui aussi, défait les boutons de la veste en velours et la lui ôte. Elle porte une chemise en cotonnade à fleurs presque neuve. Il hésite un moment puis se décide à la lui ôter aussi. Comme il touche la peau entre les seins, il la sent encore tiède et si onctueuse que sa main glisse. Son cœur se met alors à battre la chamade. Des pensées insensées se bousculent dans sa tête. Alors qu'il s'apprête à faire un mouvement, il entend un gargouillis monter de la gorge de la morte, un autre de son ventre. Les fins sourcils bougent sur le visage de jade, les yeux semblent prêts à s'ouvrir…

Il évite ces yeux sinistres et cruels pareils à ceux d'un reptile, regarde le papier blême à la fenêtre. L'ampoule électrique grésille, éclaire ce corps nauséeux. Il voit la pomme d'Adam haute, proéminente. Il allonge la main, touche la peau : c'est comme s'il touchait un serpent. Il n'arrive pas à passer à l'action. Chaque partie de ce corps le dégoûte. Alors, il attrape un oreiller posé au coin du kang et l'applique sur le visage de l'homme…

Les sourcils de la morte bougent, ses yeux s'ouvrent. Elle pousse un long soupir. Il se sent défaillir, en pète, pisse dans son pantalon. Il se redresse prêt à prendre la fuite, mais en vain : la morte suit tous ses mouvements en se dandinant...

Il appuie fermement vers le bas. Sous l'oreiller, on entend la respiration se faire de plus en plus courte, de plus en plus difficile...

Il lui faut un bon moment avant de retrouver ses esprits et d'ôter la corde restée autour de son cou. Il lance un coup de poing dans la poitrine de la jeune fille, s'élance d'un bond et déguerpit. Il se cogne violemment contre le mur de la tombe mais ne sent même pas la douleur. Il bondit hors du trou. Il entend derrière lui un cri de femme, aigu, lugubre. Les fleurs de pommier s'effeuillent sur le sol. Il a les jambes comme entortillées par des cordes, ne parvient pas à courir vite. Dans sa hâte de fuir, il ne regarde même pas où il va, se cogne aux arbres. Il sent les épines des lyciets. Il fait un grand tour, arrive à l'entrée du verger, pousse la barrière et part comme l'éclair. Derrière lui résonnent des bruits de pas confus, la morte le suit...

Il voit les veines du cou tressaillir, la figure devenir violacée. Ses poignets mollissent, son estomac
se contracte, mais il n'ose pas encore desserrer la
pression de ses mains. Il appuie de toutes ses forces
avec le haut du corps. Il entend l'homme lâcher un
soupir. Alors il jette l'oreiller, court dans l'autre
pièce, il se tient la gorge pour éviter de vomir...

Il franchit fossés et tranchées. Il n'ose pas se
retourner. Il n'a pas besoin de se retourner. Il sait
que la morte vivante, avec sa veste rouge sang, ses
cheveux ébouriffés, est derrière lui...

« Ça y est ? » demande Bai Qiaomai. Il relève
brusquement la tête, aperçoit la veste rouge sang, les
cheveux ébouriffés, la poitrine visible sous le vêtement déboutonné. Bai Qiaomai approche pas à pas.
Il sent ses jambes devenir comme du coton, alors il
s'affaisse sur le sol en se laissant glisser le long du
mur.

7

Troisième matin après la disparition de Yang
Liujiu. Liu le bossu se lève pour préparer la cuisine.
Après avoir pissé au coin de la cheminée, il entend
à l'ouest le vrombissement d'une machine. La terre
sous ses pieds semble vibrer légèrement. De la portion de route déjà achevée arrive un énorme engin
affublé de deux roues, énormes elles aussi. Celle de
devant est plus petite que la roue arrière. Sur les
roues est posée une cabine en fer, carrée, peinte en
vert, dont les vitres reflètent le soleil. Dans la
lumière, on distingue deux vagues silhouettes
sombres dans la cabine. L'engin avance pesamment
sur le sol. Liu réfléchit un instant, s'empare d'un
bâton et se dirige vers le baraquement où dorment
les ouvriers. Il frappe les nattes. Depuis la disparition de Yang Liujiu, les ouvriers passent leur temps à
dormir. Ils ont le visage tout bouffi de sommeil. Liu
va frapper aussi le toit de l'abri de fortune au pied
de la digue, où dorment Sun, sa femme et l'enfant,

puis il revient sur ses pas. Les ouvriers sortent du dortoir tout étourdis. Certains s'étirent en bâillant, d'autres se frottent les yeux.

« Liu, le repas est prêt ? »

Liu se dirige vers les cuisines sans répondre.

« Regarde, sur la route !

— Aïe, juste ciel ! C'est quoi ce monstre ?

— Un tank.

— Un tank ! Un tank ! Venez vite voir le tank !

— C'est pas un tank. Si c'en était un, y aurait un canon !

— C'est un canon télescopique, il est rentré à l'intérieur.

— Tu confonds tank et tortue ! Comme si un tank pouvait rentrer le cou !

— Et alors ? On parle bien de "carapaces de tortues" à propos des tanks des nouveaux tsars russes !

— C'est juste une image ! »

Sun s'approche pour voir ce qui se passe.

La chose énorme se rapproche, les roues en fer tournent lentement. Les lettres peintes en blanc sur les roues se retrouvent en dessous, puis remontent.

« Un compresseur ! dit Sun.

— C'est quoi, ça, un compresseur ?

— Un rouleau compresseur quoi, pour aplanir la route. Dis donc, t'as jamais rien vu ? »

Le compresseur a creusé sur la surface de la route nouvellement tracée une ornière qui disparaît en direction de l'ouest. À la vue de cette ornière qui s'étire, l'humeur des ouvriers s'est assombrie. Ils perdent contenance. Le compresseur parvient au bout de la route goudronnée en rugissant. Il s'immobilise net. Un homme saute du côté gauche de la cabine carrée du conducteur, un autre du côté droit. Ils marchent l'un derrière l'autre vers les baraquements. Les ouvriers, pétrifiés, les prunelles fixes, les regardent s'avancer. Celui qui vient devant a la trentaine. Il porte un vêtement d'un jaune passé et un chapeau d'un jaune décoloré. Derrière lui s'avance un petit gars d'un peu plus de vingt ans, grand et costaud, bâti comme un jeune poulain. Ils approchent des ouvriers ; à peine sont-ils arrêtés que l'homme au vêtement jaune demande :

« Où est Yang Liujiu ? »

Chacun se regarde, personne n'ose ouvrir la bouche.

« Il est là ? Lequel de vous est Yang Liujiu ? » demande l'homme en jaune. Sur son col et sur le bord de son chapeau, il y a des marques visibles. Son visage noiraud est anguleux. Il a deux couronnes brillantes en métal blanc dans la bouche.

« Yang Liujiu… a disparu. Ça fait plusieurs jours qu'on ne l'a pas revu… dit Sun.

« – Qui est le responsable maintenant ? demande l'homme en jaune.

– Y en a pas, reprend Sun.

– Voici le nouveau chef de brigade Wang, dit le petit gars.

– Comment tu t'appelles ? demande Wang.

– Sun Ba.

– Sun Ba ? Bien, dit Wang en souriant, convoque tout le monde ! »

Sun entre sous l'abri et lance à la cantonade : « Vite, debout ! Wang, le nouveau chef de brigade, va nous faire la morale ! »

« Les autorités m'ont envoyé ici pour vous diriger dans votre travail, explique Wang. Votre ancien chef Guo a été promu vice-responsable du comité révolutionnaire du Bureau des routes. Les autorités attachent beaucoup d'importance à ce chantier et sont assez satisfaites de votre travail. Comme vous avez tous quelque chose à vous reprocher, il vous faut mettre les bouchées doubles, suer sang et eau, accepter les critiques pour redoubler d'ardeur au travail, avoir l'esprit révolutionnaire et travailler à corps perdu, à corps perdu faire la révolution, ne pas rechigner devant l'effort, le faire au mépris de la mort, renforcer l'esprit de discipline, vous montrer vigilants, prévenir les sabotages qui seraient le fait des ennemis de classe, la révolution triomphe de tout, dites-le-vous bien. Votre mal n'est pas incurable, on peut vous soigner, rien de bien méchant, quelque chose de l'ordre d'une opération de l'appendicite, une fois soignés tout ira mieux. Je suis dépêché ici pour faire avancer les travaux, avec un rouleau compresseur dont voici le conducteur, le camarade Wu Dong. Maintenant, rassemblement pour l'appel. Formez deux rangs, face à moi, les têtes de file au sud, rassemblement ! »

Les ouvriers ne bougent pas, éparpillés dans toutes les directions.

« J'ai dit : rassemblement. C'est clair, oui ou non ? Deux rangs, face à moi, les chefs de file au sud, c'est clair cette fois ? s'impatiente le chef Wang.

– On vous demande de former les rangs, de faire deux files », dit Wu Dong.

Les ouvriers, tout intimidés, forment un amas compact. Certains grimacent sans qu'on sache s'ils rient ou grognent, d'autres se frottent le derrière.

Le chef Wang empoigne deux ouvriers de haute taille et les plante là comme il repiquerait des poireaux. « Rangez-vous derrière eux ! » dit-il.

Deux rangs mal alignés finissent tant bien que mal par se former.

Wang secoue la tête et dit : « Alors, ça y est à la fin ? Garde à vous ! Garde à vous ! Mais qu'est-ce que vous avez à gigoter encore ? Pourquoi tu te touches le nez ? Encore ? Oui, toi là-bas ! Tu crois que je parle à qui ? Tête à droite ! Mais vous regardez où ? Savez pas la gauche et la droite ? Tête en face ! Repos ! Pour l'appel, vous vous mettrez au garde-à-vous. Mais qu'est-ce que c'est ? Garde à vous ! Vous ne prenez le repos que quand je dis repos ! Yang Liujiu ! »

« Au rapport ! Chef, Yang Liujiu s'est tiré, dit Sun.

– Où ça ?

– Au rapport ! Chef, j'en sais rien.

– Il n'ira pas loin. Lai Shu ! Où est Lai Shu ?

– Au rapport ! Chef, Lai Shu est là-bas, à creuser pour attraper des rats.

– Où ça, là-bas ?

– Là-bas !

– Cours le chercher ! »

Sun sort du rang et court vers la digue. Il crie : « Lai ! Lai ! Merde à la fin, arrête de creuser comme un idiot ! Et ces rats ? Le chef Wang fait l'appel, il a crié ton nom, il va te fusiller ! »

Lai Shu arrive le dos courbé avec sa bêche à la main ; il dit, le visage jaune de peur : « C'est quoi cette histoire de chef Wang ?

– Avance, t'en prendras pour ton grade, crois-moi. Le chef Wang est le chef adjoint du régiment de la Montagne du tigre[1], il va te pincer ! dit Sun.

— Et pourquoi, hein, pourquoi ?

— Au rapport ! Chef Wang, voilà Lai Shu, dit Sun.

— Rentre dans le rang ! » crie le chef Wang,

Sun Ba cligne des yeux sans bouger.

« En rang, rentre dans le rang ! »

Sun Ba s'exécute.

« Lai Shu, c'est ton nom ?

— Oui, chef, c'est comme ça qu'on appelle votre serviteur.

— T'étais parti faire quoi ?

— Chasser les rats.

— Qui t'a dit de faire ça ?

— Je… euh… C'est le président Mao. Il a dit que les communes populaires doivent exterminer tous les rats.

— Dans le rang ! »

Lai Shu s'exécute à son tour.

« Liu Deli ! crie le chef Wang. Liu Deli ? »

Liu le bossu sort des cuisines : « Votre serviteur est là ! »

« Ouvriers ! annonce le chef Wang. Dorénavant,

---

1. Opéra de Pékin à thème révolutionnaire qui faisait fureur pendant la révolution culturelle.

nous allons prendre en main votre militarisation, développer votre esprit de combativité, accélérer le rythme des travaux, tâcher d'ouvrir la route au trafic pour le Nouvel An. Ce sera une fameuse gifle donnée aux impérialistes, aux révisionnistes et aux contre-révolutionnaires de tout acabit. Alors vous pourrez rentrer chez vous. Quant à Yang Liujiu, il ne nous échappera pas, là où il ira il se prendra dans les mailles de notre filet. Allez mettre en ordre vos affaires, vous laver la figure, vous brosser les dents ! Rompez les rangs ! »

Wu Dong, à la tête de quelques ouvriers costauds, descend les bagages de la remorque accrochée à l'arrière du compresseur, ainsi que les tentes et les lits en fer.

Après le repas, le chef Wang inspecte le chantier. Wu Dong emmène quelques hommes pour dresser la tente et installer les lits face aux cuisines.

Quatrième jour après la disparition de Yang Liujiu. Le chef Wang accroche à l'entrée de la tente un écriteau en bois blanc avec des inscriptions en rouge. Le chef Wang déclare que la tente est le poste de commandement de l'équipe et que les ouvriers, avant d'entrer, doivent crier « Au rapport ! » et attendre l'autorisation. Wu Dong plante un morceau de bois à la porte des cuisines, sur lequel est accroché horizontalement un autre morceau de bois portant un demi-rail en fer.

L'installation terminée, Wu Dong frappe le rail avec une barre de fer torsadée, le son clair résonne comme une sirène.

Cinquième jour après la disparition de Yang Liujiu. Le chef Wang proclame que le mécanicien Wu Dong sera aussi comptable de l'équipe de voirie pour les dépenses courantes. Liu le bossu lui donne la caisse. Les comptes sont gelés provisoirement, on les vérifiera quand Yang Liujiu sera rattrapé. Il ajoute que la famille de Sun Ba peut demeurer au campement à condition de payer pour la nourriture et de donner des tickets de céréales.

Septième jour après la disparition de Yang Liujiu. Le matin, un camion arrive sur le chantier. On en décharge dix barils de gas-oil. L'après-midi, ce sont vingt gros camions de la marque Fleuve jaune transportant de gros morceaux d'asphalte. Une fois déchargés, ceux-ci forment un tas aussi imposant qu'une montagne sur la terre saline derrière le baraquement.

Huitième jour après la disparition de Yang Liujiu. Au matin arrive une moto vert prairie à trois roues, conduite par un gendarme en blanc. Derrière lui est assis un autre gendarme, en blanc également, qui tient son collègue par la taille. La moto coupe les gaz devant le chantier. Les deux gendarmes sautent à bas de leur engin. On dirait des frères siamois. Ils portent de larges ceinturons en cuir marron foncé auxquels sont accrochés des revolvers. Liu le bossu, à moitié mort de peur, se terre dans les cuisines sans plus oser en bouger. Il regarde les gendarmes par les fentes de la natte. Les gendarmes avancent vers la tente de toile et se campent à côté de la petite porte en fer. L'un d'eux frappe avec la paume de sa main. Son collègue ne bouge pas. La porte s'ouvre et le chef Wang en sort. « Tu es Wang Yunzhi ? demande l'un des gendarmes. – Oui », répond le chef Wang. Le gendarme produit un papier qu'il agite, tandis que l'autre gendarme passe aux poignets du chef Wang des menottes brillantes. « Wang Yunzhi, tu es en état d'arrestation », dit l'un des gendarmes. Wang, complètement ahuri, braille son innocence : « C'est une plaisanterie ! Vous vous trompez de personne !

– Assez de bêtises, dit l'autre gendarme. Si tu te crois victime d'une injustice, tu te plaindras en arrivant. Ça ne sert à rien de nous dire ça à nous. »

Les gendarmes poussent Wang dans le side-car. Le gendarme appuie sur l'accélérateur. L'arrière de la

moto crache des volutes de fumée bleue, les roues
tournent, on peut encore distinguer les rayons ; déjà
l'engin prend de la vitesse, il va plus vite qu'un
lièvre poursuivi par un chien.

Treizième jour après l'arrestation du chef Wang.
Au matin, Liu le bossu remplit la jarre à eau et
s'assoit sur la couchette pour fumer, quand il entend
à l'extérieur une voix timide demander : « Grand-
oncle ! Grand-oncle ! Voulez-vous des ciboules ? »
Liu en renverse sa pipe sur son pantalon, il s'essuie
prestement, se courbe pour sortir en courant de
l'abri. Quand il aperçoit la jeune fille, il ne sait plus
où il en est, tant il est en proie à des sentiments
divers. Il est sur le point de pleurer. C'est bien la
jeune vendeuse de ciboules, mince et longiligne.
Depuis la disparition de Yang Liujiu, on n'avait pas
revu Bai Qiaomai, ni la jeune fille. L'apparition,
chaque matin, à l'entrée du baraquement, de cette
grosse femme à la peau blanche et de la frêle jeune
fille a fini par sembler un rêve remontant à plusieurs
années. Sont-elles même vraiment venues ? Et voilà
que la jeune fille est là devant lui ! Liu ne sait plus
où il en est. Le ciel est si lumineux qu'il ne peut
ouvrir les yeux. Son sens de l'équilibre, à peine
retrouvé, est reparti, il a du mal à se tenir debout.
La jeune fille semble s'être étoffée. Sur son visage

pâle se dessine un peu de ce rose ténu des fleurs de pêcher. Elle porte une hotte en osier contenant des bottes de ciboules. Les boutons sont blancs comme neige, les feuilles d'un vert éclatant, avec le bout cramoisi.

« Grand-oncle, vous en prendrez ? implore-t-elle.

– Oui, oui… ma fille. Pose d'abord ta hotte. » Il se place derrière elle et attrape le lourd panier à deux mains. La jeune fille se retourne, la hotte tombe dans les bras de Liu. L'odeur sucrée et piquante des feuilles lui entre dans les yeux, qui s'emplissent d'eau. La jeune fille reste debout devant lui, mince, élancée et gracieuse. Elle doit avoir une tête de plus que lui. Il pose la hotte, s'efforce de se redresser, mais seul son cou s'allonge un peu.

« Ma fille, ça fait plusieurs jours que tu n'es pas venue.

– Les ciboules n'avaient pas encore poussé.

– Ma fille, ta mère va mieux ?

– Oh, beaucoup mieux, grâce à vous ! J'ai raconté à maman combien vous étiez bon. Elle a dit que vous étiez un brave homme et que, dès qu'elle pourra marcher, elle viendra vous voir au chantier.

– Ah ?… Elle… elle a dit ça ?

– Oui, ce sont ses propres mots, elle les a prononcés devant moi.

– Quel est ton prénom ?

– Huixiu.

– C'est ton vrai prénom ?

– Hem…

– Tu n'en as pas changé ?

– Non.

– Ton père… il est gentil avec toi ?

– Mon père est mort d'œdème l'année de tous les malheurs. J'étais petite alors, je ne me souviens de rien.

– Tu as des frères et sœurs ?

– Non. Grand-oncle, vous en prenez ?

– Ma fille, je ne suis plus responsable des achats. Nous avons ici un nouveau dirigeant et un comptable.

– Alors je vais aller les vendre au marché.

– Rien ne presse, ma fille, attends un peu. Je vais aller leur demander et, s'ils disent oui, cela t'évitera un long trajet. Tu pourras rentrer plus tôt et ta mère ne se fera pas de souci.

– Grand-oncle, vous avez un cœur d'or ! »

Il va en clopinant jusqu'au poste de commandement et lance dès l'entrée : « Au rapport ! » À l'intérieur, on entend le son d'un harmonica, plaintif comme des pleurs. Il crie de nouveau : « Au rapport ! » La musique continue, mais la petite porte en fer s'ouvre vers l'extérieur. Le mécanicien Wu Dong sort de la tente, en jouant de l'harmonica.

« Qu'est-ce qu'il y a ? demande le mécanicien en ôtant l'instrument de ses lèvres.

– Comptable, voyez, cette jeune fille là-bas est venue vendre des ciboules, et vous savez, sa mère est malade, elle a besoin d'argent pour les médicaments.

– Dis donc, tu m'as l'air bien renseigné !

– Comptable !…

– Hier, on a acheté des pommes de terre.

– Comptable ! Ses ciboules sont d'une tendresse ! Allez voir vous-même, allez vérifier si elles sont tendres ou non. »

Wu Dong relève la tête et voit la jeune fille élancée qui se tient très digne à l'entrée des cuisines. Il fourre l'harmonica dans sa poche, puis s'avance vers elle en sifflotant. Liu suit derrière. Il regarde les jambes longues et minces du petit gars, il entend le son mélodieux qui sort de ses lèvres. Son humeur s'assombrit soudain. Le jeune gars, grand et bien bâti, se trouve dans son champ visuel, il l'empêche de voir Huixiu. Il se déplace sur le côté, l'autre fait de même.

Il reste debout à l'écart et regarde Wu Dong, aimable et souriant, parler à la jeune fille. Les beaux yeux du garçon fixent le visage de la jeune Huixiu. Les deux jeunes gens sont élancés comme des peupliers blancs. Il sent son dos voûté plus que de coutume. Le regard du petit gars fait baisser la tête à la jeune fille. Elle répond à ses questions dans un murmure.

Dans sa torpeur, il entend Wu Dong lui dire : « Liu, pèse les ciboules ! On prend le tout.

– Grand-oncle, s'empresse de dire la jeune fille, inutile de les peser, la botte fait la livre, à peu de chose près.

– Parfait, inutile de les peser, je te crois, répond Wu Dong. Liu, aide-la à compter les bottes !

– Ce n'est pas la peine, il y en a trente, pas une de moins.

– D'accord, on ne recompte pas. Liu, aide-la à les transporter dans la pièce !

– Je vais le faire moi-même », dit la jeune fille en se baissant pour soulever la hotte. Elle entre sous l'abri, suivie par Liu. « Où faut-il les mettre, grand-oncle ?

– Euh, eh bien… par terre. »

La jeune fille dispose les bottes en bon ordre, en une pyramide triangulaire, les racines bien alignées. Il y a pour le moins des milliers de tiges.

« Viens te faire payer, dit Wu Dong.

– Grand-oncle, merci mille fois », dit la jeune fille.

Elle prend la hotte et se dirige vers la tente du poste de commandement à la suite de Wu Dong. Il regarde leurs silhouettes admirables, ravale ce qu'il voulait dire et finit par prononcer d'une voix mourante : « Mais non, ne me remercie pas… » La jeune fille ne s'est même pas retournée. Elle suit Wu Dong, tout à fait à l'aise. Ce dernier reprend son harmonica et entre sous la tente en soufflant dedans. La jeune fille reste sur le seuil. « Entre donc ! » lui lance Wu Dong.

Elle pose sa hotte et, après un moment d'hésitation, se courbe pour entrer sous la tente. Liu se laisse tomber assis par terre en marmonnant : « Ma fille, c'est ma fille, ma propre fille ! »

Plusieurs jours de suite, la jeune fille arrive à la même heure. Au moment de se faire payer, elle hésite toujours à entrer et ne le fait que sur l'invitation de Wu Dong.

Ce jour-là, elle est entrée depuis un bon moment déjà et n'est pas ressortie. De la tente monte le même air entraînant sans cesse repris sur l'harmonica. La porte est ouverte et la lumière du soleil pénètre obliquement sous la tente. Liu, assis dans la cuisine, peut voir tout ce qui se passe à l'intérieur. Wu Dong est assis sur le lit en fer, tourné vers le sud, la jeune fille sur une chaise en face de lui. L'instrument glisse sur les lèvres du garçon. La jeune fille est pleine de déférence, on dirait qu'elle suit une séance d'instruction. Après avoir joué un moment, le petit gars ôte l'instrument de ses lèvres et semble dire quelques phrases, puis il colle de nouveau l'harmonica contre sa bouche et le cache dans ses deux mains, comme on fait pour manger du maïs. Ses pieds chaussés de tennis blanches s'agitent en cadence.

Puis le petit gars se met debout et, tout en jouant, s'approche de la porte. Il lève son pied chaussé de tennis et, d'un coup, la ferme violemment. La petite porte en fer verte empêche Liu de voir. Son cœur fait un bond, il en a la gorge nouée. Il descend de sa couchette et se précipite en avant pour s'arrêter net au bout de quelques pas, ce qui le fait chanceler. Il retourne près de sa couchette, prend sa pipe, la repose, puis la fourre dans sa bouche, l'ôte de sa bouche et la jette sur le lit. « C'est ma fille ! Je ne peux pas permettre une chose pareille. Tu ne t'en sortiras pas à si bon compte ! » Tout en marmonnant, il se retrouve d'un bond devant la tente, ouvre la porte avec force en s'aidant de la tête et des deux mains et entre dans la tente tout d'un bloc. Le petit gars, qui s'est assis près de la belle, se lève, furieux, et l'injurie : « Vieux salaud ! Qui t'a dit d'entrer comme ça sans crier "Rapport !" ? »

La jeune fille se lève, rouge jusqu'aux oreilles, le regard vague, comme si elle avait bu.

« J'ai oublié, oui, j'ai oublié, dit-il en bredouillant.

« – Eh bien quoi ? demande le petit gars.

– Je... je voulais savoir comment préparer ces ciboules.

– Sautées avec des pommes de terre ! »

Il sort de la tente en répétant « Bien, bien » plusieurs fois de suite. Au bout de quelques pas, il entend le garçon dire à la jeune fille : « Il n'y a que des vauriens dans l'équipe de voirie, des voleurs, des joueurs, des voyous. Ils ont tous les vices. Oh, pas de quoi les fourrer en prison, mais juste assez pour ne pas les laisser en liberté. Les faire travailler à la voirie, c'est un coup de génie du comité révolutionnaire du district !

– C'est une équipe de rééduqués ?

– Pas exactement.

– Ce vieux est très bon, pourtant.

– Du bluff ! Il sait bien tromper son monde. »

La porte se referme pour s'ouvrir immédiatement.

« Non, je vous en prie... dit la jeune fille, je dois rentrer voir ma mère.

– Reviens apporter des légumes demain. Viens plus tôt, je t'apprendrai à conduire le rouleau compresseur. »

La jeune fille part à la hâte, sa hotte vide sur le dos.

Elle revient effectivement le lendemain avec une hotte pleine de légumes. Wu Dong l'a aperçue

depuis longtemps. Il lui lance de loin : « Huixiu !
Mets les légumes dans les cuisines. Je vais t'apprendre à conduire ! »

Huixiu met les légumes à la place habituelle,
soulève la hotte vide et regarde Liu un peu sur le
qui-vive.

« Liman… il ne faut pas te laisser embobiner…
dit Liu.

— Grand-oncle, que dites-vous ? » demande la
jeune fille, surprise.

Liu reprend ses esprits. Les ombres qui ont envahi
son visage se sont dissipées comme neige au soleil. Il
dit d'une voix évasive : « Ah, ma fille, je rêvais. Je
suis un vieil idiot, je pensais à ma fille.

— Elle s'appelle Liman ?

— Liman, c'est ça. L'année où elle est née, j'ai
pêché une carpe rouge dans la rivière…

— Huixiu ! Huixiu ! » crie Wu Dong le mécanicien à l'extérieur.

La jeune fille ne laisse pas à Liu le temps de
terminer sa phrase, elle part en courant à l'appel
de Wu Dong. Elle en a oublié sa hotte jetée à terre.
Le cœur gros, il suit du regard sa démarche vive et
mobile.

Elle court vers Wu Dong, papillon attiré vers la
fleur. Wu Dong porte un vêtement de travail en
toile bleu clair, il a passé une serviette blanche

autour de son cou. L'air dégagé, tout fringant, il piaffe comme un cheval qu'on vient de ferrer à neuf. Il tient à la main un foulard en mousseline cramoisie. « Huixiu ! Tiens, c'est pour toi ! C'est à ma sœur, elle l'a oublié.

— Non merci, je ne peux pas accepter, dit Huixiu.

— Prends, prends-le donc, je le veux », dit Wu Dong en dépliant le fichu. Il lui en enveloppe la tête, elle est prise comme un poisson au filet.

Devant ses yeux, du rouge brille. Liu le bossu ressent une franche douleur aux reins, il pousse un profond soupir.

« Tu sais à quoi tu ressembles ? demande le garçon.

— Non, pas du tout, dites voir ?

— À une mariée.

— Vous… vous dites n'importe quoi ! » Son visage est devenu aussi rouge que le fichu.

« En route, je vais te montrer mon rouleau compresseur. Tu veux apprendre à le conduire ?

— Je suis si stupide, je n'y arriverai pas.

— Mais non, tu réussiras, sûr. »

Il voit Wu Dong prendre la main de la jeune fille. Elle paraît embarrassée un court instant mais le laisse faire. Les deux jeunes gens s'avancent vers le rouleau compresseur.

Les ouvriers ont déjà prolongé la route de

quelques centaines de mètres au-delà du campement. Les pelletées de terre noire, après avoir décrit
un arc de cercle plus ou moins long, s'envolent
vers ce qui doit être le tracé de la future route. Le
compresseur est arrêté au bout de la partie déjà
construite. On dirait une bête. Les deux jeunes gens
s'arrêtent devant l'engin. Leurs corps sont beaux et
élégants. Le fichu de soie rouge, que le jeune
homme a posé sur la tête de la jeune fille, est bombé
comme un balisier ou une crête de coq. La serviette
au cou du petit gars a une blancheur insolite. Liu les
regarde, fasciné. Le gars ouvre la porte de l'engin.
Quand il aide la jeune fille à monter, il semble à Liu
qu'il lui met sans le faire exprès la main sous les
fesses. Il sent la moutarde lui monter au nez. La
jeune fille grimpe dans la cabine. Le gars pousse la
porte, se dirige de l'autre côté et monte à son tour.
Le moteur vrombit quelques instants, avec des sons
aigus puis rauques. Le pot d'échappement sur le côté
crache furieusement quelques volutes compactes de
fumée bleue. Le moteur gronde puis le bruit devient
plus régulier. L'engin est entouré d'une belle fumée
légère. Les énormes roues en fer se mettent doucement à tourner. Les lettres blanches sur le rouleau
montent et redescendent. L'engin avance de quelques
dizaines de mètres, prend maladroitement un virage
et revient sur ses traces, les lettres blanches sur le

rouleau continuent de monter et de descendre : celles du haut se retrouvent en bas et vice versa, mais inversées. Derrière la vitre de la cabine, il aperçoit une tache rouge vif. Ce rouge lui met l'esprit sens dessus dessous. Des gosses sortis on ne sait d'où, semblables à des sauterelles, suivent le rouleau compresseur en sautant et gambadant. Là où passe l'engin, le terrain devient plat et uni comme une pierre à aiguiser. Ça bouge dans la cabine, des bras s'entremêlent. Le fichu rouge se retrouve plusieurs fois tout contre le foulard blanc pour s'en éloigner bien vite. Après ce moment de confusion, il voit que le foulard blanc et le fichu rouge ont échangé leur place. Le compresseur avance maintenant de travers, il laisse des ornières inégales semblables à de gros vers.

La lumière tombe presque à la verticale. Bon gré mal gré, il doit détourner son regard des vitres de la cabine ; à la hâte, il installe le panier sur la marmite, fait la pâte, met de l'eau à bouillir. La femme de Sun et l'enfant entrent furtivement dans les cuisines. Il leur lance un coup d'œil et continue de préparer la pâte.

« Grand-oncle ! » dit la femme d'une voix plaintive.

Il entasse les petits pains dans le panier de cuisson à la vapeur et lui lance un autre coup d'œil.

« Grand-oncle… Reste-t-il quelque chose du petit déjeuner ?… La gosse a faim. »

Il a l'impression que le ventre de la femme s'est encore arrondi. Ce ventre l'entraîne en avant. Du vert apparaît sous la peau jaune de son visage, couleur des abricots mal mûris. La fillette la tient par le pan de son vêtement, elle se cache derrière sa mère.

« Dans le seau… Profite de ce que le chef n'est pas là et emporte le tout ! »

La femme pousse quelques grognements, s'avance vers le coin de la tente, prend le seau et finit par articuler quelques mots : « Grand-oncle, vous avez vraiment un cœur d'or !

– Emporte, coupe-t-il, et rapporte vite le seau ! »

Quand la femme rapporte le seau, la fillette, accrochée à ses basques, tient à la main un demi-pain verdâtre.

« Grand-oncle, reprend la femme, je vais vous aider à éplucher les ciboules. »

Il ne répond rien. La femme transporte un morceau de bois et s'assoit dessus. Elle défait une botte et se met à ôter minutieusement les feuilles avariées.

« Mère, demande l'enfant, dans un filet de voix. Je voudrais des ciboules ! »

La mère lance un regard à Liu et répond en soupirant : « Gourmande ! » En même temps, elle prend trois grosses tiges et les frotte contre sa veste pour enlever la terre sur les racines. Elle les tend à l'enfant, qui se met à manger bruyamment.

À ce moment, il entend du bruit à l'extérieur. Il se retourne, Huixiu et Wu Dong reviennent, riant et bavardant. Le garçon ne peut se tenir de joie. Il a le visage radieux. Le fichu de la jeune fille a glissé autour de son cou. Sur son visage ovale tout rosé perlent des gouttes de sueur brillantes.

« Je t'avais bien dit que tu y arriverais. Tu as compris du premier coup, tu es très futée.

— C'est vraiment moi qui l'ai conduit ? J'ai presque pas appuyé sur la pédale et il s'est mis en route !

— Absolument, c'est toi qui l'as conduit.

— Alors, heu…

— À midi, tu manges ici.

— Non, impossible, ma mère s'inquiétera.

— Tu rentreras juste après, je vais dire à Liu d'améliorer l'ordinaire.

— Non, non.

— Non quoi ? C'est comme si tu étais allée au marché ! »

Wu Dong s'est avancé sur le seuil des cuisines. Son visage respire le bonheur. « Liu, qu'y a-t-il au menu ? Comment, rien n'est prêt ?

— Si, tout de suite, je m'y mets !

« – Il est plus de onze heures et les pains ne sont pas encore à cuire ? Qu'est-ce qui te prend ?

– Je... je me suis endormi.

– Active ! Quand tu en auras fini avec la marmite, tu me feras en plus une assiette d'œufs brouillés, et mets suffisamment d'huile !

– Bien, bien.

– Tu viendras chercher les œufs au poste de commandement.

– Bien, bien.

– Qu'est-ce que tu fais ici ? » demande Wu Dong à la femme de Sun.

Cette dernière appuie ses deux mains sur le sol, lève d'abord son postérieur avant de pouvoir redresser les reins. Elle dit, essoufflée : « Comme l'oncle semblait débordé, je suis venue lui donner un coup de main... »

Wu Dong regarda avec dureté la fillette qui mange le pain avec les ciboules et dit : « Quand vas-tu rentrer chez toi ? Ton mari n'est pas un ouvrier attitré, il est ici pour apprendre. »

Le visage de la femme se couvre de confusion. Son cou semble ne plus pouvoir soutenir sa tête. « Je vais partir. Je vais partir, répond-elle en hésitant. Dirigeant, je vais accoucher dans un ou deux jours... Dans une semaine, après avoir accouché, je pars... Dirigeant, faites un geste, les restes nous suffiront bien à l'enfant et à moi… Dirigeant, c'est comme si l'équipe de voirie avait… avait deux chiens… »

Avant même de terminer ce flot de paroles, elle se met à pleurer et à sangloter.

Il repense soudain au chien borgne qui s'est noyé six jours auparavant dans la rivière, la tête dans la vase, le ventre gonflé comme une petite outre.

Wu Dong, ennuyé, répond : « Ça va, ça va. Pas la peine de pleurer. Si ça te fait plaisir, reste ! Regardez-moi ça, c'est gueux comme un rat et ça fait des flopées de gamins ! …

— Cette fois, si c'est un gars, je vais me faire ligaturer les trompes à l'hôpital… dit la femme.

— Si tu ne sais pas quoi faire, ne viens pas traîner dans les cuisines. S'il arrive quoi que ce soit, c'est toi qui serais responsable ? … Et qu'est-ce que tu pourrais faire ? Rien, tu vois bien. Sun t'apportera tes repas, dit Wu Dong.

— Entendu, je ne viendrai plus », répète la femme plusieurs fois de suite.

Elle soulève sa veste pour essuyer son visage.

Wu Dong sort. Il invite Huixiu à venir s'asseoir dans la tente de commandement.

« Je dois rentrer, répond-elle.

— Je vais t'apprendre à jouer de l'harmonica.

— Je n'y arriverai jamais.

– Mais si. »

Il la tire par la main, et Huixiu, à demi consentante, entre derrière lui sous la tente…

… Il marche sur les talons de Wu Dong, s'efforçant de redresser son dos tordu pour mieux voir, pour éviter que le gars ne disparaisse de son champ visuel. Dans le ciel, les étoiles brillent. Le revêtement de la route est bigarré. Le village est éclairé en son milieu par un haut poteau électrique surmonté d'une lampe jaune. Wu Dong, parti de l'ouest du village, se retrouve devant après l'avoir contourné. Il marche, vif, agile, d'un arbre à l'autre. Au carrefour, il se cache sous l'ombre d'un gros arbre aux branches fournies et aux feuilles touffues. Il a disparu. À force d'ouvrir grand les yeux, Liu finit par distinguer vaguement la silhouette sombre de Wu Dong contre l'arbre. Il s'accroupit lui aussi là où il se trouve et rampe jusque dans un champ cultivé qui jouxte l'étroit chemin de terre. La végétation basse ne lui arrive même pas aux genoux. Dans cette position, son ventre est à la hauteur des feuilles rugueuses. Il allonge la main, tâte les tiges desséchées et les petites feuilles rondes et fermes. Il comprend au bout d'un moment qu'il s'agit de pieds d'arachide. Il en arrache un, le palpe au niveau des racines, sent effectivement les fruits accrochés comme de petites clochettes…

Le repas de midi est servi avec un peu de retard. Wu Dong a bien envie de lui botter le derrière.

« Douze heures trente, Liu le bossu, je crois bien que t'en as marre de faire la cuisine ! dit Wu Dong.

— Ça y est, c'est prêt », dit-il. Il fait sauter quatorze œufs avec une bonne cuillère d'huile d'arachide et y ajoute une poignée de ciboules hachées menu. Il met tout son cœur à réussir ce plat. Ma fille, se dit-il, ma fille, en dix-huit ans, tu n'as sans doute même pas mangé en tout dix-huit œufs, ma petite. Les œufs prêts, il en remplit à ras un bol en fer, or et émeraude, une odeur affriolante. Wu Dong plisse le nez : « Pas mal, Liu ! Ce sont des œufs préparés de main de maître ! » Wu Dong porte le plat ainsi que quatre pains cuits à la vapeur piqués dans des baguettes. « Sonne l'arrêt du travail ! J'entends que dorénavant les repas soient servis à l'heure ! »

Il frappe le rail en acier recyclé avec la tige filetée en fer noir. Le son monte, clair. Il voit Wu Dong entrer sous la tente et s'empresser de fermer la petite porte en fer verte. Au signal, les ouvriers abandonnent leurs outils et, dans un beau brouhaha, s'avancent vers les cuisines ; certains marchent sans entrain, d'autres courent comme des fous.

Le repas servi, il remplit un bol de la marmite des ouvriers et, plein d'appréhension, se dirige vers l'entrée du poste de commandement. Il pousse du pied la porte en fer. La porte n'était qu'entrebâillée, cette fois elle s'ouvre d'un coup. Il voit le gars prendre un morceau d'œuf tout doré avec ses baguettes et l'approcher des lèvres de la jeune fille. Celle-ci l'évite, refusant d'ouvrir la bouche.

« Au rapport ! dit-il.

– Qu'est-ce que tu viens faire ? crie le gars, furieux.

– Au rapport ! Comptable, je viens apporter un bol de légumes… J'ai ajouté deux poignées de petites crevettes séchées aux légumes d'aujourd'hui.

– Eh bien, pose ça sur la table ! »

Peu de temps après, il revient au rapport à l'entrée.

« Mais qu'est-ce que tu veux, le vieux ?

– Je viens prendre les bols pour faire la vaisselle. »

Il emporte les bols. La jeune fille le suit. Le gars, très énervé, crie : « Ne pars pas encore, je ne t'ai pas appris à jouer de l'harmonica !

– Je dois rentrer chez moi, sinon ma mère va s'inquiéter, dit-elle sur un ton embarrassé.

– Bon, dit le gars en la rattrapant, je t'accompagne. »

… Il détache une cacahuète, la décortique et fourre les deux fruits humides dans sa bouche. Les

cacahuètes fraîches ont un goût bizarre, il ne peut
les avaler, il les recrache.

Il finit par apercevoir une longue silhouette
mince sortir furtivement du village et se diriger vers
le grand arbre. Wu Dong, qui est tapi contre le
tronc, bondit de l'ombre et dit en assourdissant
sa voix : « Tu t'es quand même décidée à venir ! »
Il n'entend pas ce que répond la jeune fille. « Nous
n'avons rien à cacher, dit Wu Dong, de quoi
as-tu peur ? Mes parents sont tous deux membres du
Parti, et moi je suis membre de la Ligue de la jeunesse. – J'ai peur… j'ai peur de je ne sais quoi au
juste », dit la jeune fille. Le reste se perd dans un
murmure. Il a beau prêter l'oreille il ne peut rien
saisir.

Les deux silhouettes sont très proches l'une de
l'autre. Ils doivent sans doute se tenir par la main.
Ils vont vers l'est en suivant le chemin de terre. Il
sort en rampant du champ d'arachide et les suit
discrètement. Au bout de cinquante pas environ, un
petit sentier blanchâtre coupe le chemin. Les deux
silhouettes hésitent un moment et prennent le
sentier en direction du sud. Il les suit.

Sur les bas-côtés pousse du chanvre à hauteur
d'homme. Le chant mélancolique des insectes
monte des feuilles, émouvant. Du champ s'élève la
forte odeur de roussi caractéristique des pois sautés.

«On dirait que quelqu'un nous suit», dit la jeune fille.

Il sursaute, se baisse jusqu'à toucher le sol, sans plus oser respirer.

« Mais non, dit le gars, tu te fais peur à toi-même !

– J'ai entendu des bruits de pas.

– Ce devait être les nôtres.

– Je crois bien que le vieux Liu nous a repérés. Son regard me fait peur.

– Tu as peur de lui ? Je le battrai à mort. Tu cherches vraiment à te faire peur ! »

Les deux jeunes gens poursuivent leur marche. Il se relève, ôte ses chaussures et les prend à la main. Il avance, sondant le terrain de ses pieds nus. L'épaisse couche de terre du chemin est toute chaude encore de la chaleur du soleil.

« On va s'asseoir là-bas, dit le gars.

– Où ?

– Sur le talus.

– Non ! Pas là-bas !

– Pourquoi pas ? C'est tout plat sur le talus !

– C'est l'ancien emplacement d'un vieux four à briques. Il est hanté.

– Hanté ?

– Par un fantôme d'homme et un de femme. Il y a quelques années, quand le temps était à la pluie, on pouvait entendre les esprits pleurer là-bas. »

Le gars éclate de rire : « Superstition ! Les esprits, ça n'existe pas !

— Tu n'y crois donc pas ?

— Ça non !

— Pourtant c'est la vérité, et beaucoup de gens les ont entendus. C'est l'esprit de la femme qui pleure en premier, quelques gémissements. L'homme reprend à son tour, comme un hurlement de loup.

— Et tu les as entendus, toi ?

— Moi non, mais ma mère oui.

— Les esprits auront peur de moi, allez viens ! On va s'asseoir là-haut.

— Je ne...

— Allons, avec moi, tu n'as rien à craindre, les esprits ne résisteront pas longtemps à mes coups de poing. J'ai pratiqué les arts martiaux. »

Le gars entraîne la jeune fille sur le talus.

Il rampe le long de la lisière du champ de chanvre, s'immobilise à une dizaine de pas du talus... Pendant sa progression, la poussière lui est entrée dans la gorge. Il sent monter une quinte de toux. Il arrache quelques feuilles d'herbes sauvages sur le bord de la route, les fourre dans sa bouche, les mâche. Il a la bouche pleine d'amertume.

« Tu ne te joues pas de moi, dis ? demande la jeune fille.

— Pourquoi me demandes-tu toujours cela ?

« – Je n'arrive pas à croire que tu puisses t'inté-
resser à moi. Je n'ai pas d'instruction, je ne suis pas
belle.

– Tu es jolie et je t'aime.

– Tu veux vraiment m'emmener au district ?

– Oui…

– Aïe… ne va pas… et ma mère viendra aussi ?

– Entendu…

– Tu ne peux pas être amoureux de moi… Oh…
tu te joues de moi. Quelque chose me dit que tu te
joues de moi !…

– Veux-tu que je te le jure, tu veux ? Si je me
moque de Huixiu, que je meure sur-le-champ !

– Ah ! Mon bon, tais-toi… »

Il voit les deux silhouettes se rapprocher très près
l'une de l'autre. Il entend la respiration brutale de
Wu Dong. Il entend la jeune fille dire d'une voix
hoquetante : « Non, il ne faut pas… non, non…
nous ne sommes pas encore mariés ! »

Il n'arrive pas à définir les sentiments qui l'agitent. Il se dit qu'il va mourir, qu'il vaudrait mieux
pour lui mourir en effet. Un souffle brûlant lui
remonte dans la gorge. Il ouvre la bouche et se met
à pousser un long hurlement aigu, lugubre…

« Les esprits ! » crie Huixiu, effrayée, en repous-
sant Wu Dong.

Après avoir poussé ce long cri, il ressent une

sensation de joie. C'est comme si une vanne s'était rompue dans sa gorge, laissant la place à un flot impétueux. La passion, la rage contenues pendant de longues années ont jailli dans ce hurlement strident et inhumain. Il a rejeté la tête en arrière. D'un doigt il tapote sa gorge contractée qui tremble. Il module le cri, le fait monter, redescendre, fluctuer avec plus de richesse que ne ferait une trompette.

Huixiu dégringole du tertre et part comme une flèche dans le sentier sans se soucier de la direction qu'elle prend. Wu Dong descend à son tour. Il regarde en direction de l'endroit d'où monte le cri bizarre. Il tourne lui aussi des talons et court derrière Huixiu…

Le jour de la mort de Liu.

Huixiu entre dans la cuisine, portant une hotte de concombres à peau blanche. Elle ne dit pas bonjour, pose sa hotte, va partir quand il lui barre le chemin sur le seuil.

« Grand-oncle, que voulez-vous ?

– Ma fille… car tu es ma propre fille. »

La jeune fille dit avec un sourire peiné : « Grand-oncle… ne plaisantez pas ainsi avec moi…

– C'est que je ne plaisante pas. Ma fille, écoute-moi. Tu t'appelles en fait Liman. Le jour où ta mère t'a mise au monde, j'ai pêché une carpe rouge. Puis ta mère est partie avec un autre. Je suis venu te voler, et on m'a brisé les reins...

– Grand-oncle, vous rêvez encore. Je me rappelle de la mort de mon père. Mon père se privait de nourriture et me donnait sa part. C'est la faim qui a provoqué l'œdème dont il est mort... Comment osez-vous vous faire passer pour mon père !

– Liman, je suis ton vrai père. Tu as une marque sur le corps, sous le nombril, un grain de beauté noir... »

Il renverse Huixiu sur le lit, et allonge la main pour défaire le pantalon de la jeune fille.

« Le vieux... le vieux, qu'est-ce que tu fais ? Au secours ! » crie la jeune fille en se débattant.

Sa main touche la peau brûlante du ventre, quand il entend une voix rude derrière lui : « Bas les pattes, vieux clébard ! »

Quand la jeune fille aperçoit Wu Dong, elle cesse de se débattre et éclate en sanglots, le visage dans ses mains. Tout en pleurant, elle injurie Liu : « Ce vieux voyou ! Ce vieux coureur !... Il disait que j'étais sa fille, et puis tout en parlant il s'est approché... pour m'ôter mon pantalon... Ce vieux voyou !... »

Il semble comme perdu dans une brume épaisse. Il ne voit plus rien. Le visage de la jeune fille est devenu une ombre grisâtre de la couleur de la chaux sale. « Ma fille… dit-il, tu t'appelles Liman. Le jour où ta mère t'a mise au monde, j'ai pêché une carpe rouge… Tu as un grain de beauté noir juste au-dessous du… »

Wu Dong serre son gros poing solide, vise la tempe brunâtre et frappe avec violence. Liu n'a que le temps de pousser une sorte de miaulement avant de s'affaisser lourdement de travers sur le sol avec un « plof » mou, comme le ferait un sac de farine.

8

Le soir. Le soleil embrase une partie du ciel. Les nuages s'étirent, s'épanouissent un à un comme des fleurs, puis s'assemblent de plus en plus nombreux. La portion de ciel encore dégagée diffuse une lumière triste et plombée qui fait penser à celle de l'acier lourd.

Trois coups de gong très rapprochés résonnent dans le village. Une femme crie d'une voix exercée : « Liuzhu ! Liuzhu ! Rentre ! À table !… » Les ouvriers ont pris leur dîner à la hâte et se sont glissés dans l'abri les uns à la suite des autres. Les parois de la lampe tempête accrochée à la barre transversale sont couvertes de noir de fumée. La lampe ne sert pas à grand-chose.

Lai Shu a été promu cuisinier. Après avoir tout mis en ordre, il s'allonge sur le lit qui a été celui de Liu le bossu. Il écarte les moustiques de la main et regarde par la petite porte la portion septentrionale du ciel. Toutes les deux ou trois secondes, des

éclairs verts zèbrent l'espace. Ils se croisent, menaçants. La route dont le goudron n'est pas encore
sec, la friche plate et immense bondissent, poussent
des clameurs sous les lueurs fulgurantes. La route
ressemble à une meute de chiens noirs. Dans la
campagne court un troupeau de moutons blancs.
Ils se pourchassent dans la lumière oblique. Les
roulements du tonnerre se télescopent, avancent
lentement à l'assaut. On croirait entendre des
milliers et des milliers de seaux vides qui roulent, se
bousculent.

Il va pleuvoir, se dit-il.

L'extrême sécheresse a brûlé la terre, a craquelé
lèvres et visages. Cela fait déjà plusieurs années qu'il
n'a plus travaillé aux champs. Il a presque oublié
avec quelle soif les paysans attendent la pluie. Lui
aussi attend la pluie. Il a l'impression d'être une tige
de sorgho poussée dans une fente de la terre noire,
ses oreilles, ses pieds, ses mains lui semblent comme
atrophiés.

Liu n'est plus. Il s'est porté volontaire pour ce
travail de cuisinier.

Il va pleuvoir, la pluie tombe quand les déesses
sortent faire leur tour d'inspection. Là où elles vont,
c'est la bénédiction.

L'eau imbibera la terre, elle mettra au jour les
trésors enterrés. S'il est devenu cuisinier, c'est pour

rester à l'écart des autres, pour aller sur la grève désolée chercher des trésors.

Dans la cuisine il y a de la place, on peut cacher pas mal de choses. L'amphore remplie d'argent et d'or sous le mûrier lui ronge les sangs. Le moment est venu de la déterrer. Des éclairs, bleus et blancs mêlés. L'univers est secoué par la peur. Il se faufile hors de l'abri avec sa bêche, s'accroupit à l'entrée et observe. Il est sûr que tous les ouvriers dorment comme des loirs.

La nuit précédente, il s'était approché du mûrier blanc. Il avait entendu du bruit derrière lui. La peur l'avait cloué sur place. Il s'était retourné en tremblant. Il n'avait pu retenir un cri d'intimidation. « Grand frère Lai ! » l'avait appelé une silhouette de petite taille. C'était Sun Ba. Les yeux de Sun Ba brillaient dans le noir. Il avait serré fortement le manche de sa bêche. Il s'était dit que si Sun s'avisait de parler de cette affaire, il lui trancherait la tête. Mais Sun avait dit : « Grand frère… Te voilà encore parti à la chasse aux rats. Depuis le temps que tu creuses, que tu creuses ! Et t'as pas trouvé la moindre bestiole !

— Qu'est-ce que tu veux ? avait-il demandé en tenant la bêche à deux mains.

— Grand frère, aide-moi je t'en prie ! Ma femme va accoucher, tu le sais. Elle ne peut pas manger des

pains de maïs… Aie pitié, donne-moi quelques
pains de blé !… » Sun avait salué en s'inclinant les
mains jointes. Il avait senti tous ses muscles se
détendre et avait dit, magnanime : « C'est bon !
C'est bien pour l'amitié qui nous lie ! » Il avait
donné six pains à Sun. Après avoir raccompagné ce
dernier, il était retourné sous le mûrier, avait creusé,
touché les objets dans l'amphore. Alors seulement il
était rentré dormir dans les cuisines…

Les nattes de roseau du toit semblent prêtes à
s'envoler parmi les éclairs. Les ronflements des
ouvriers se mêlent au tonnerre, dénaturant ses roulements. Le torse bombé, dominant sa crainte, il se
dirige vers le mûrier. De la terre saline monte une
forte odeur d'écailles de poisson. L'air est moite, le
vent souffle dans tous les sens, impossible de lui
donner une direction précise. Au village, la voix de
la femme appelant son enfant se fait basse et mysté-
rieuse, tremblotante, comme les seins d'une femme
qui prend de l'âge. Il ne se rappelle plus comment
était cette voix à l'origine. Il se sent pris de panique.
Il a peur, peur des éclairs ; la peur ne le quitte plus,
même quand les éclairs meurent.

Il faut qu'il pleuve, il doit pleuvoir, il n'a pas plu
de l'année.

Sous un long éclair qui n'en finit pas d'éclore,

il voit le mûrier blanc, ses branches s'allongent, prêtes à danser. Il voit l'épaisse couche de poussière sur les feuilles larges comme le poing. Les feuilles prennent la couleur rouge du feu sous les éclairs. Sur le tronc, là où il a fait une entaille, se referme la longue balafre noire d'où suinte une sève visqueuse et transparente qui se coagule. Au creux des branches, il y a des grappes de petites boules hérissées de piquants.

Un autre éclair. Les tribules sous le mûrier sont décolorés, les feuilles dures et séchées contrastent violemment avec celles des autres tribules alentour qui, elles, sont vert foncé. Son cœur se serre.

Agenouillé sous le mûrier, il jette sa bêche, soulève la motte avec les tribules, la lance plus loin, gratte la terre mince avec sa main. Il sort l'amphore. Les éclairs qui se succèdent illuminent l'objet. Il ôte le bouchon en tissu déchiré et enfile sa main à l'intérieur. Sous les éclairs, son visage se déforme, prend une expression diabolique. Il a les yeux exorbités, la bouche grande ouverte. Il dit « Ah ! », tandis que sa main fouille fébrilement l'amphore. Il retire sa main et répète « Ah ! » tout en soulevant l'objet. Les éclairs se faufilent à l'intérieur. Les deux carpes rouges semblent vivantes. L'amphore est vide. Les bijoux en or et en argent ont disparu. Il retourne l'amphore. Elle est bien vide. Il la jette. Elle roule le

long de la digue. Il déplie le tissu qui a servi de bouchon, tâte méticuleusement les contours du trou,
effrite la motte plantée de tribules. Les éclairs, les
branches de mûrier au-dessus de sa tête sont comme
des serres d'aigle. Un ciel bas, des nuages sombres.
Des oiseaux de nuit volent vers le nord. Les carpes
rouges nagent dans l'amphore. Il se relève, vacille
d'avant en arrière. Champignon vénéneux sur une
tige trop frêle, sa tête est si lourde qu'elle va l'entraîner dans sa chute. Il casse l'amphore avec la bêche,
crie en articulant, difficilement : « Faut pas me faire
une frousse comme ça, non, faut pas !... »

Il caresse les morceaux durs en marmonnant des
phrases incohérentes. La pluie frappe son corps
comme elle frapperait une souche pourrie. Les
éclairs ruissellent. Lorsqu'ils illuminent les ténèbres,
il sent une rumeur ouvrir sa poitrine. Bruit d'un tissu
qu'on déchire. Les gouttes glacées de la pluie pico-
rent son cœur de leurs becs durs, le criblent de trous.
Quand les éclairs meurent, sa poitrine se referme,
son cœur est un bloc de glace. Ce bloc de glace
refoule toute la chaleur de son corps, la chaleur
monte, devient hoquets dans sa gorge, qui jaillissent
en larmes de son nez. Le bruit calme et régulier de
la pluie résonne sur son crâne, comme sur une cale-
basse sèche. Les bruits l'assaillent de toutes parts :
bruit de la flûte du vent sur les feuilles des saules,

bruit de feu dans les nattes de roseau, bruit d'écorce d'arbre mangée par un âne...

La veille au soir, ils étaient bel et bien dans l'amphore. Il a surveillé toute la journée, en puisant l'eau, en lavant les légumes, en allumant le feu. Dans la partie sud de la natte, il a fait un trou gros comme le poing, face au mûrier blanc. Rien ne s'est passé dans la journée près de l'arbuste. Sur le coup de midi, un vieillard à barbe blanche avait attaché un âne noir au mûrier. L'âne se tenait sur la digue et mordillait l'écorce de l'arbre pour s'occuper. Le vieux s'était accroupi près de l'âne pour fumer une pipe. Il avait couru vers eux en brandissant son couperet, avait injurié le vieillard sous prétexte que l'âne mangeait l'écorce de l'arbre. Le vieux, à demi mort de peur, s'était enfui, tirant son âne. Puis une pie et des moineaux s'étaient posés sur l'arbre. Il n'avait pas perdu de vue le vieillard et son âne. Les oiseaux ne s'étaient pas posés au sol. Ce ne pouvait être eux. Ce devait être un rat.

Il rampe sous le mûrier. Le trou est déjà plein d'eau. Les gouttes de pluie frappent le bord du trou, qui s'éboule. Il plonge sa main dans l'eau, tâte. L'eau est glacée. Il sent le froid le pénétrer jusqu'aux os. Ses doigts s'enfoncent dans la boue. Il rencontre quelque chose de souple et de résistant à la fois. Son cœur se met à battre la chamade. Il extirpe l'objet, mais ce n'est qu'un bout de racine. Un éclair illumine la souche, illumine aussi un gros lombric rouge à tête blanche près du trou. Le tissu qui a fait office de bouchon se déplie et reprend la forme d'un tricot de corps. Ce ne peut pas être un rat. Il se souvient : quand il a creusé tout à l'heure, le col de l'amphore était fermé hermétiquement. « Fils de pute ! » tonne-t-il à l'adresse du ciel sombre. « Fils de pute ! » Les gouttes drues lui entrent dans la bouche, le font hoqueter, suffoquer... Soudain, devant ses yeux, apparaît un petit visage rusé. Dans ce visage, une bouche s'ouvre pour dire : « Encore à la chasse aux rats ?... Et t'as pas trouvé la moindre bestiole !... » Mais oui, c'est ça. Il se sent l'esprit plus clair. C'est lui le voleur ! Bien sûr, ce ne peut être que lui ! Il se rappelle comment, au déjeuner, cette crapule riait sournoisement ; quand il l'avait servi, ses pattes de poulet semblaient crispées. « Sun Ba ! Enculé de ta mère ! »

Il suit le petit chemin qui zigzague sous la pluie battante, il avance vers l'est comme en nageant. Les éclairs déchirent le ciel, le tonnerre bouscule des lambeaux de nuages. La fureur qu'il ressent lui a ôté toute apparence humaine. L'abri adossé à la digue est secoué par le vent. Une lueur fantomatique danse à l'intérieur. L'eau de pluie boueuse coule, contournant l'abri. « Sun Ba, sale voleur ! » jure-t-il. Ses fesses et ses épaules sont pleines de fange. Il glisse le long de la digue. Il déplace la natte déchirée qui obstrue l'entrée de l'abri et reste planté là, tout dégoulinant de boue. L'abri ne dépasse pas quatre mètres de long et trois de large. À l'entrée, il y a un peu d'eau et de boue. Au fond, là où le sol est légèrement surélevé, on a étendu une natte. La femme de Sun y est allongée, le ventre à l'air. Elle geint, pousse plainte sur plainte. Le maigre bout d'une chandelle blanche lutte et vacille en tous sens sous le vent qui apporte de fines gouttes de pluie. Ses larmes blanches forment de petits tas. Sun est assis à côté de la natte, la tête rentrée dans les épaules. La fillette est pelotonnée dans un coin de la tente. Elle a sur les épaules un sac en papier, de ceux qui servent à contenir des engrais. Elle dort en respirant bruyamment. Le vent glacé qui s'est engouffré avec lui a éteint la chandelle. La tente est plongée dans l'obscurité. Un éclair brille et tout devient vert clair. Il voit les gencives violacées de la femme.

« Sun Ba, sale voleur ! » Il l'empoigne par les cheveux et le soulève de terre.

« Grand frère Lai, qu'est-ce qui te prend ? crie Sun Ba d'une voix fluette sous cette poigne de fer.

– Rends-les-moi, sale voleur ! Tu m'as volé les objets précieux en or et en argent, rends-les-moi !

– T'es dingo, Lai Shu ! Toi, des objets précieux en or et en argent ! » Sun, en s'aidant de ses deux mains, se débarrasse de l'étreinte de Lai Shu et ramène sa tête. « Fous le camp ! Ma femme va accoucher ! »

Un éclair vient illuminer le ventre proéminent de la femme. Une pastèque violette.

« Rends-moi mon or et mon argent ! » dit Lai Shu en jouant des poings et des pieds. Sun Ba recule pour esquiver les coups. La femme pousse un cri de souffrance. La fillette est réveillée en sursaut.

« Lai Shu ! Je vais porter plainte contre toi auprès du chef. Espèce de voyou ! Tu te rends comme ça en pleine nuit chez les braves gens et tu malmènes leur femme ! » crie Sun Ba.

La femme pleure, crie. Le tonnerre gronde. La pluie frappe les roseaux du toit. L'enfant aussi s'est mise à pleurer. Lai Shu pousse des cris perçants et frappe. Sun vomit des injures et rend coup sur coup. Cela se transforme en un corps à corps. La pagaille est totale. Sun vise un espace vide et se faufile hors de l'abri en glissant sous l'aisselle de Lai Shu. Ce dernier se lance à sa poursuite. La terre saline est gorgée d'eau. À chaque pas, ils font jaillir une boue brunâtre. Sun file vers le dortoir.

Ses jambes ressemblent à des pilons pour l'ail. La boue colle à ses pieds. Il se meut difficilement. Lai Shu a de grandes jambes. Il rentre la tête, sort le cou, on dirait une grosse autruche. Avant d'atteindre le dortoir, Sun Ba est rattrapé par le collet et plaqué au sol dans la boue. Les deux hommes ne forment plus qu'une seule masse. Les coups pleuvent bruyamment sur les corps. Sun griffe, mord, sans parvenir à se dégager de la poigne d'acier de Lai Shu qui le tient. Il recourt à un coup de maître : il allonge le bras vers l'entrejambe de Lai Shu et saisit à pleine main le sexe de ce dernier comme il aurait attrapé un caneton sortant de sa coquille. Lai Shu fait un « couac » et tombe dans la boue. Sun en profite pour se relever. Il crie d'une voix perçante : « Au secours ! » Sa voix fait penser à ces pousses de roseaux dont la pluie allonge de façon anormale les pointes cramoisies. De l'abri monte un tumulte de voix. Certains sortent, bravant la pluie. Il fait nuit noire. Ils ne voient rien. Sun crie de nouveau « Au secours ». Lai Shu se relève comme une mante religieuse, la tête penchée, il lève les deux mains et crie : « Bâtard de voleur, rends-moi mes objets précieux en or et en argent ! » Tout en l'injuriant, il se précipite en avant sur Sun, les bras en l'air. Les autres les séparent, les retiennent de force. Dans leurs bras, les deux hommes semblent des grenouilles prisonnières qui essaient de bondir pour s'échapper.

Le bruit de la bagarre couvre celui du tonnerre et de la pluie. Il alerte Wu Dong le mécanicien. En l'absence de Wang, c'est lui le chef. Il sort vêtu d'un imper et projette le faisceau lumineux de sa lampe de poche sur les hommes devant l'abri. Ceux-ci ferment les yeux, restent là, bouche grande ouverte. Les gouttes de pluie ruissellent par paquets sur leur visage. « Qu'est-ce qui se passe ici ? Merde ! »

Lai Shu éclate en sanglots comme ferait un enfant à la vue de sa mère. Les larmes, la morve, le sang, la pluie se mêlent sur son visage qui ressemble à une assiette peinturlurée. « Chef, aidez-moi. Ce voleur m'a pris mon amphore pleine d'objets en or et en argent !... »

Wu Dong dirige sa lampe vers Sun qui braille et pleure comme une fontaine. « Chef ! Il raconte n'importe quoi ! Il est devenu complètement maboule ! Il est entré chez moi en pleine nuit pour m'accuser de lui avoir volé une amphore pleine d'or et d'argent !

– Chef ! Chef ! Une amphore pleine d'or et d'argent, un anneau d'or et des chaînes en argent !

– Chef ! Vous voyez bien que ce qu'il dit n'a ni queue ni tête. Comment pourrait-il avoir une amphore pleine d'or et d'argent ? »

Wu Dong ramène sa lumière sur le visage de Lai Shu et dit : « Merde ! T'as perdu la tête ! Ce que tu as ne vaut même pas quatre sous. Qu'est-ce que tu nous chantes avec tes anneaux d'or, tes chaînes en argent ? Merde alors ! Dégage, allez, dégage, et si tu refais du tintouin je te boucle, espèce de salopard !

– Chef ! Chef ! Mais c'est la vérité, j'avais une amphore... »

Wu Dong retourne sous sa tente, le cou dans les épaules. La pluie crépite sur son ciré avec un bruit de pois que l'on fait frire.

« Sun, enculé de ta mère, j'aurai ta peau ! » Lai Shu repousse les hommes qui le maintiennent et se précipite sur Sun. Deux solides gaillards s'empressent de le saisir par les bras, ils le soulèvent. Lai se retrouve la tête en bas, tout près du sol trempé. Il ne dit plus rien. Ils le redressent, voient son cou tout flasque, son crâne qui penche comme le poids d'une balance. Ils l'emportent à toute vitesse sous l'abri. Quelqu'un qui s'y connaît en premiers secours s'agenouille, tout dégoulinant d'eau, et pique avec un clou la lèvre supérieure de Lai Shu. Ce dernier pousse un long soupir.

« Tout va bien, il respire », dit un ouvrier.

Lai Shu ouvre les yeux. Il voit la lampe accrochée à la poutre. La lumière est toute dorée, elle saute, tournoie comme un anneau d'or. Fou de joie, il saute, se jette sur la lampe qui s'écrase au sol et s'éteint. Il fait noir comme en enfer. À l'extérieur, les éclairs brillent. Des anneaux d'or et des chaînes d'argent volent, dansent dans le ciel. Lai Shu se précipite hors de la baraque avant que les deux hommes aient pu le retenir. Il lève les bras, court dans la direction des éclairs et crie, face à leur lumière : « De l'or, de l'argent, j'ai de l'or et de l'argent ! Neuf jarres, dix-huit amphores ! Je vais m'acheter un avion, un paquebot !... » Quelques hommes se lancent à sa poursuite. Impossible de le rattraper. Il lève haut ses jambes d'échalas, hurle comme un fou et disparaît dans la pluie battante...

Sun retourne pas à pas sous son abri, essayant de supporter la vive douleur qu'il ressent à la poitrine. Les pleurs ne se sont pas tus. Il cherche à tâtons les allumettes pour allumer la bougie. Il voit que l'eau coule au travers du toit, que la natte servant de litière est complètement trempée. La fillette tremble, recroquevillée dans un coin. La femme baigne dans l'eau et dans le sang. Entre ses cuisses, deux paquets de chair grisâtres gigotent. La poitrine le brûle soudain. Un sang âcre jaillit de sa bouche. Il crie sourdement « Ciel ! » et retombe assis par terre. La femme se courbe, avance la bouche pour couper le cordon ombilical, avant de retomber lourdement sur la natte trempée. Il s'arme de courage, implore les dieux et va examiner l'entrejambe charnu des bébés. La première chose qu'il voit est une fleur, la seconde une courge. « Un fils ! » Il en oublie la douleur qui le tenaille intérieurement. Il saisit le bras de sa femme. « Un fils ! Nous avons un fils ! » Les deux bébés gigotent doucement dans la pluie et le sang, produisant parfois un bruit de bouche comme font les poissons. La vue des deux bébés pareils à des bestioles le glace, le dégoûte. La femme s'efforce de se redresser. Elle lui fait signe d'attraper le baluchon suspendu à l'ossature de l'abri. Elle en sort quelques morceaux de tissu et en emmaillote les bébés.

« La mère ! Nous avons un fils, enfin ! dit-il.

— On va être taxés, cinq cents yuans pour chacun, ça fera mille yuans pour les deux... » dit la femme en se mettant à pleurer.

Il ressent une immense lassitude et une envie de dormir. Cinq cents pour un, mille pour les deux. Il s'assoit sur la natte, prend sa tête dans ses mains. Il voudrait mourir sur-le-champ. Sur le toit de la tente, le bruit de la pluie se fait plus rapproché, plus pesant. La pluie tombe dans la flaque avec un bruit métallique. Les éclairs continuent de briller. Ils durent longtemps, se prolongent très loin. Le ciel entier blanchit.

« Le père !... Faut trouver une solution !... »

Il relève la tête et regarde la bougie qui finit de se

consumer. Ses yeux lancent des éclairs cruels et froids : « On garde le garçon, pas la fille ! »

La femme se cache le visage et se met à pleurer.

« Ben quoi ? dit-il. La garder, pour qu'elle crève de faim ! Mieux vaut l'abandonner à sa chance !

— Fais comme tu l'entends…

— Faisons confiance à son étoile. »

Il défait les langes, trouve la fillette, la remmaillote et la prend dans ses bras, puis il se redresse. On dirait un arbre que la foudre a frappé.

« Attends… Je vais lui donner le sein… »

La femme prend le bébé et le pose sur ses genoux. Elle saisit son sein tombant et fourre le mamelon dans la bouche du nouveau-né. Pendant un moment, la petite fille gigote comme un beau diable. Elle garde le mamelon dans sa bouche et suce plusieurs fois, puis elle le rejette et se met à pleurer.

« Le lait n'est pas encore monté… » dit la femme en pressant fortement le bout de son sein.

Il lui arrache l'enfant de force : « Inutile de la nourrir… dit-il, un nouveau-né, ça n'a pas faim. »

Il sort, le bébé dans les bras. Un éclair éclate au-dessus de sa tête. Il tremble de tout son corps et prie : « Ciel, grâce ! Épargne-moi ! » Les nuages noirs comme les serres d'un dragon s'agitent au-dessus de sa tête. Dans les ténèbres, au loin, il croit entendre les cris d'allégresse de Lai Shu : « De l'or, de l'argent, neuf jarres et dix-huit amphores !… » Il hésite un instant, allonge la main pour prendre quelque chose entre les couches de nattes de l'abri. Il en sort un paquet, qu'il fourre dans le lange du bébé. Il gravit la digue, glissant à chaque pas. Il prend le pont de pierre étroit et haut. La rivière Balong est en crue. Les éclairs illuminent une eau sale et tumultueuse. Le pont a la blancheur immaculée de la neige. Il a des éblouissements, des vertiges. Pour un peu, il piquerait du nez dans la rivière. Il suit le chemin de terre en direction du village. La boue clapote sous ses pieds. La pluie a cessé, de lourdes gouttes tombent par moments des branches des sophoras. L'eau clapote dans les fossés au bord de la route. Les champs ne sont plus qu'une étendue argentée. La chaumière de trois pièces de Bai Qiaomai se dresse, tel un temple délabré. Il repense au chien sous la lune, à la meule à broyer le soja en pierre sous la lampe… Après avoir tourné à la maison de Bai Qiaomai, il songe à abandonner le bébé au carrefour à l'ouest du village. Là, l'eau accumulée a formé un marécage. Il contourne les maisons et prend la direction de l'est. Le vent souffle fort sur les champs de céréales. De petites grenouilles, qui ne se montrent qu'après de fortes pluies comme celles qui viennent de tomber, poussent des cris bizarres dans l'eau accumulée : un appel, puis une réponse, dialogue d'un couple affectueux. Il pense déposer le bébé sous le gros arbre, mais des branches tombent des gouttes de pluie grosses comme des pièces de monnaie. Un éclair brille et embrase la boue qui recouvre tout. Il illumine une cigale en train de muer. Suivant le chemin boueux, il arrive à l'est du village. Il entend les coassements dans l'étang au bout des maisons. Dans le village un chien hurle, entraînant un concert d'aboiements. Le jour va se lever. À la lueur des éclairs, il aperçoit le temple à demi effondré du dieu du sol. La déesse a le corps incliné, elle rit d'un rire démoniaque. Le dieu a été décapité. Le cou coupé pointe vers le toit du temple. Sur la pierre servant de table aux offrandes, il y a une crotte de chien toute séchée. Il la balaie de la main et pose son paquet emmailloté sur la table. Un éclair brille de nouveau. Sous la table, il voit la face grimaçante, l'air féroce du dieu du sol. Une sensation de feu envahit sa tête vide et glacée. Ses jambes mollissent, il s'agenouille devant la table et crie : « Dieu du sol, déesse du sol ! Manifestez votre pouvoir ! » Il ressent une douleur paralysante dans sa poitrine. Un goût âcre de sang lui remonte dans la gorge. Il se dit qu'un de ses organes a peut-être éclaté sous les coups de Lai Shu...

De la table aux offrandes monte un léger cri, il crache un peu de sang visqueux et dit : « Mon enfant… Tu auras bonheur, chance, destinée heureuse… Ton père te laisse de l'or et de l'argent, ainsi les gens consentiront à te recueillir… »

Le bébé continue de pleurer. Il sent son cœur fondre, il se relève rapidement. Il prend la grand-route qui traverse le village et avance en titubant vers l'ouest. Les pleurs du bébé transpercent son dos comme des flèches, le traversent, transparents, sans que le sang coule. Le vent glacé le pénètre. Le bruit de ses pas irrite un chien, puis plusieurs. Les chiens se lancent à ses trousses, piétinant la boue, prêts à le mordre.

Il entre en titubant dans l'abri. Il se dit que cette fois il va mourir. Sa femme, qui tient le bébé serré contre elle, cherche à savoir. Il ne dit rien. De sa bouche sort une écume sanguinolente.

Au lever du jour, il s'éveille. La pluie diluvienne continue de tomber, recouvrant ciel et terre. Sous la tente, l'eau a formé un ruisseau. L'univers entier est plein du bruit de l'eau. La femme insiste : « Où as-tu abandonné l'enfant, où ? À qui l'as-tu donnée ? »

Il reste pétrifié. Une statue.

« Tu l'as abandonnée dans les champs, pour que l'eau l'emporte, hein ?… Mon enfant !… »

La femme déchire ses vêtements qui ressemblent à du vieux papier.

Dans sa torpeur, il voit soudain une lumière. Au

milieu de cette lumière apparaît une vieille femme au visage bienveillant. Elle avance sur ses petits pieds, des pieds aussi petits que des cocons de ver à soie. Elle avance vers le temple, prend le bébé dans ses bras et le rapporte chez elle, le dépose au bord du kang bien chaud. Au mur sont collées des licornes et des inscriptions votives. Le visage du bébé est aussi rouge qu'une goutte de sang…

« Rapporte-la-moi, espèce de brute ! Rapporte-la-moi !… » La femme serre le bébé mâle contre elle. Le bébé ne bronche pas.

La vision disparaît. Il ne voit plus autour de lui qu'un froid glacé d'un gris de plomb. La tête du dieu du sol roule sur la table aux offrandes. Il se lève d'un bond, saute sur la digue avec la même agilité que celle dont il avait fait preuve le jour où il était allé capturer le chien. Il franchit en courant le pont de pierre. Le mur de terre jaune de Bai Qiaomai s'effondre derrière lui en soulevant de l'eau et de la boue. Il ne prend pas la peine de se retourner. Il enfile la route vers l'est sans regarder où il pose les pieds, dans l'eau, dans la boue. Le temple du dieu du sol vacille dangereusement.

Il voit le temple debout, entouré de vapeurs noires sinistres. Parmi les flèches brillantes de la pluie, des ombres s'agitent. Les ombres profèrent des aboiements d'impatience. Il suffoque, sa respiration s'arrête puis revient. Il se rue en avant, plus dément qu'un chien enragé, fait reculer la meute de chiens fous. Devant lui gisent les restes du bébé. Il se rue sur les chiens, qui s'écartent prestement pour s'arrêter un peu plus loin et se pourlécher les babines. Leurs côtes saillantes se dessinent sous leur pelage tout mouillé. Du sang macule leurs gueules.

Il pousse un hurlement, tombe à genoux, rend hommage aux petits bras, aux petites jambes. Dans la boue rougeâtre, il voit un anneau d'or, posé là, tranquille, souriant. Il allonge le bras, saisit l'anneau. Il se rappelle la vieille légende. Il ouvre la bouche, rejette la tête en arrière et lance l'anneau au fond de sa gorge.

La pluie continue de tomber en trombes. Les champs sont inondés. Le chemin est raviné. Les toits imbibés d'eau s'effondrent. La rivière Balong est en crue. Sur le courant torrentueux flottent des céréales vertes, des arbres avec leurs racines, des chiens, des chats, des lièvres crevés. L'eau a une odeur pestilentielle. Le pont de pierre, lavé de toute poussière, est blanc comme de la glace ou du jade. La digue a été affouillée, grignotée par la crue. Sur les mûriers blancs, des branches nouvelles et des feuilles tendres ont poussé. La friche saline a pris une teinte vert-brun. Sur les vitres du rouleau compresseur, les larmes ruissellent. Les énormes roues en fer sont embourbées. Des bandes de rats sont assises sur le tas de bitume pour échapper au déluge. La route noire rampe, immense dragon décapité.

9

Il est plus de neuf heures du matin. La mécanicienne arrête le rouleau compresseur. Ses gants
de travail à la main, elle se dirige vers la baraque de
chantier. Elle est mince et élancée, chaussée de
souliers en cuir orange à petits talons. Elle porte un
jean serré et une large veste de travail en grosse
toile. Ses longs cheveux sont retenus par un mouchoir vert noué. Elle a le teint foncé, des gouttes
de sueur perlent sur son nez. Dans ses yeux très
noirs qui louchent un peu brillent des lueurs d'appréhension.

Elle entre tout droit dans le baraquement rudi-
mentaire en briques rouges. À l'intérieur, il y a
quatre bureaux et, sur les tables, un téléphone. Sur
le mur en briques est accroché un grand graphique
sur lequel sont dessinées des lignes noires et
des flèches rouges. Un jeune homme, âgé de vingt
ans environ, tient l'écouteur. Il dit d'une voix défé-
rente : « Allô ! C'est le chef de brigade Lu ? Je suis

Ma Dagui… La progression est tout à fait satisfaisante… Le moteur d'un bulldozer est tombé en panne… C'est le coussinet qui a brûlé… le coussinet. J'ai contacté maître Luo, de l'équipe de prospection pétrolière, qui se trouve au village Masang. Ils en ont… Bien, bien… Allô ! Chef. Hier après-midi, la directrice Song de l'école primaire de Masang a dit que les enfants de l'école viendraient ce matin au chantier pour réconforter les ouvriers… Faut-il les garder à déjeuner ? Bien, bien, très bien. »

Ma Dagui repose l'écouteur et demande sèchement : « Qu'est-ce que tu veux ?

– C'est de ta faute !… Moi je ne voulais pas… Tu as insisté… » Des larmes jaillissent dans les yeux myopes de la jeune fille.

« Mais enfin, explique-toi ! » Ma Dagui ouvre le tiroir, cherche des cigarettes et trouve un tas d'étuis vides.

« Je suis enceinte ! » Les larmes coulent maintenant sur les joues de la jeune fille.

Ma Dagui semble avoir reçu un coup de fusil. Son visage se fige. Il tripote les paquets : « Ne dis pas n'importe quoi !…

– Ah oui… Mais c'est toi le responsable, trouve une solution !

– Le mieux est de te faire avorter », dit Ma Dagui.

Il finit par attraper une cigarette. Ses doigts tremblent.

« J'ai peur… je n'irai pas…

– Oui, et qu'est-ce qu'on va faire ? Je viens de
remplir ma demande d'adhésion au Parti.

– Tu ne penses qu'à toi, tu te fiches bien de
moi !… J'ai peur d'avorter… »

Ma Dagui se lève, il lui tapote avec indifférence
l'épaule : « Tu n'as pas à avoir peur. Ce n'est rien du
tout. Tu n'es pas la première à qui ça arrive ! »

La jeune fille saisit la main de Ma Dagui, l'em-
brasse et dit : « Dagui, marions-nous au plus vite,
cela étouffera le scandale… »

Ma Dagui retire sa main. « Impossible ! C'est
exclu !

– Pourquoi, mais pourquoi ? On se mariera bien
tôt ou tard ?

– Je dis non, c'est non !

– Je n'irai pas… » dit la jeune fille en sanglotant.

Au loin, on entend des roulements de tambour.
Ma Dagui sort du baraquement et revient en courant. Il dit, à bout de patience : « C'est bon, ne
pleure plus, voici l'équipe de propagande de l'école
primaire de Masang. »

L'équipe de propagande avance sur la route
goudronnée bien plate. En tête, on aperçoit un
étendard rouge qui claque dans le vent, puis une

grande jeune fille au visage tout rouge et à la poitrine rebondie. Elle porte un foulard rouge autour du cou, un uniforme gris clair et de grandes nattes. Des dizaines d'enfants suivent, en chemisette blanche et foulard rouge.

La mécanicienne enceinte, les yeux embués de larmes, regarde Ma Dagui, tiré à quatre épingles, s'avancer à leur rencontre. Les pionniers s'arrêtent. Ma Dagui et la jeune fille grassouillette se serrent la main chaleureusement et échangent des politesses. La jeune fille rit de ses dents très blanches. Son visage fait penser à une fleur de pivoine. La lumière est forte, le blanc des chemisettes des enfants et les instruments qu'ils tiennent à la main éblouissent la mécanicienne. La route qui vient de Masang l'éblouit aussi. Les tours de forage sur la terre saline de la friche l'éblouissent. Les machines qui manœuvrent maladroitement sur le chantier l'éblouissent. Elle remarque combien Ma Dagui est amical avec la jolie monitrice des pionniers. Un grand froid l'envahit. Elle se souvient avec tristesse du temps où elle venait avec les pionniers réconforter les ouvriers. Alors ses larmes se mettent à couler de plus belle. Ma Dagui et la monitrice s'avancent en bavardant familièrement. Elle se détourne, ravale les sanglots qui montent dans sa gorge et court jusqu'au rouleau compresseur très puissant, de couleur abricot, fabriqué à Luoyang.

Le maître a de plus en plus d'humour
Seuil, 2005
et « Points », n° P1455

Le Supplice du santal
Seuil, 2006
et « Points », n° P2224

La Joie
Philippe Picquier, 2007

Quarante et Un Coups de canon
Seuil, 2008

La Dure Loi du karma
Seuil, 2009
et « Points », n° P2460

La Femme au bouquet de fleurs
Philippe Picquier, 2011

COMPOSITION : PAO ÉDITIONS DU SEUIL

Cet ouvrage a été imprimé en France par
CPI Bussière
à Saint-Amand-Montrond (Cher)
en juin 2011.
N° d'édition : 105498. - N° d'impression : 110338.
Dépôt légal : août 2011.

Éditions Points

le cercle

Le catalogue complet de nos collections est sur
Le Cercle Points, ainsi que des interviews de vos
auteurs préférés, des jeux-concours, des conseils
de lecture, des extraits en avant-première…

www.lecerclepoints.com